今生 Life A

by Hugh Leonard

陳鈞潤
翻譯劇本
選集

角色表

杜林　全名杜仕林，成年後人人只叫他「杜林」。香港大學文科榮譽學士，
　　　主修文學，退休公務員。

荳荳　讀法—低—高，和「牛斗」押韻。全名藍荳其，杜林妻，同是花甲
　　　年華，人人暱稱「荳荳」。

瑪利　姜妻，與杜林夫婦年齡相若同輩。人人以其聖名(洗禮名字)稱呼
　　　「瑪利」。

老姜　全名姜自樂，老來人稱「老姜」。

道士　讀如「杜屎」，少年杜仕林，人人以其花名稱呼「道士」。

荳其　少年荳荳，其讀「琪」。

阿咩　少年瑪利，人人只叫 Mary 前半讀成「阿咩」。

阿樂　少年姜自樂。

時地

本劇譯於鮑叔（鮑漢琳）翻譯改編同一作者另一愛爾蘭鄉土劇《老寶》(DA)之後，《老寶》劇中一角杜林成了主角。亦同樣用香港懷舊加當代背景，兩對少年主角同住在香港島南區薄扶林的太古樓村（今薄扶林花園屋苑所在地），又名聖若瑟村。時為六十年代，全村都是天主教徒，在露德聖母堂主任司鐸明之剛神父(Father Rene Chevalier)領導下，虔誠信教。太古樓村本為太古洋行物業，原名利牧苑(Claymore)，今日仍保留一條利牧徑。該村在十九世紀末，是巴黎外方傳教會在港基地——修會宿舍在近鄰伯大尼修院（今香港演藝學院電影電視學院及惠康劇院、舉行婚禮熱點）；亦是另一法國修會納匝肋修院的印刷館基地——該會宿舍是另一近鄰德格拉斯堡（今香港大學大學堂宿舍 U Hall）；以及納匝肋會及巴黎外方傳教女修會合辦聖華小學原址（現遷沙田）。明神父更在相鄰的薄扶林村——今仍存在於置富花園毗鄰——的廟旁建第二所診療所造福該村非天主教村民。太古樓在1977年出售拆卸供建築薄扶林花園。露德聖母堂重建於1983年，座落置富花園內，余振強紀念第二中學園內。

這時地背景取代了原劇本的愛爾蘭首都都柏林小鎮。全劇只有兩景/演區：一住宅的客廳及廚房；一室外廣場中心涼亭內的小舞台，本供流行樂隊表演用。時空交錯於主角少年時代的二十世紀六十年代太古樓村（二景也就是阿咩的家，和村中廣場），及當代（四十年後）姜宅、和薄扶林村亭子。姜宅可意會為在同區，可能是薄扶林村一村屋、亦可能是置富/薄扶林花園一單位，沒有明確點出。太古樓村在明神父時期出生了一位今日香港天主教教區的陳志明副主教，自然也可以出另一位是天主教徒、文學才子、港大畢業、公務員的杜林。

劇名

有意與《老竇》成為姊妹劇，所以也用二字劇名而緊貼原名。

意猶未盡的味道，我認為勝過畫公仔畫出腸地用四字劇名如：《今生無悔》、《此生有憾》、《不枉此生》等等。

第一幕

台全黑。然後燈光照亮台中演區：一個石砌平台的小舞台在廣場中亭子內。舞台左右仍黑。

杜林站在小舞台上，穿黃褐色乾濕褸。他掏出筆記本瞧一瞧來幫助記憶，然後收起，向看不見的聽眾演說。

杜林 最後，我選擇結束今日嘅遠足於呢一個涼亭，呢一個地點有山景、有海景，我哋香港嘅女小說家Han Suyin韓素音好可能喺呢個景點得倒靈感寫成*Love is a Many Splendored Thing*──《生死戀》呢本世界著名小說。書中提到香港華洋雜處，人有如過客，惟獨青山不變。三歲細路識少少地質學──今時今日叫做地球科學嘅──都會話佢知：青山點會係不變吖。不過韓素音同大多香港人一樣，鍾意做差不多先生。今日帶呢個團嚟到呢個地點，四周圍都係發思古之幽情嘅地標。所以適合呢個教區懷舊遠足團到此一遊。大家由向海嗰便望過去右手便，嗰間古老聖堂就係伯大尼修院，當年1870年法國巴黎外方傳教會喺呢個俯瞰鋼綫灣嘅小丘上便，照住日本東京法國式總堂建成嘅。東京總堂已經炸毀咗，我哋有幸今日仲見倒呢間成為結婚熱選地點嘅伯大尼修院。鋼綫灣亦變咗數碼港同貝沙灣，由東北方呢間修院，望向東南方山腳，另一間古堡式地標，係德格拉斯堡，1895年由德格拉斯船務公司賣俾納匝肋修院，今日變咗香港大學嘅U Hall、大學堂宿舍。再望去西北方另一個山丘之上，呢個屋苑係薄扶林花園，七十年代末建成，之前呢個地點係太古樓村，又叫聖若瑟村。本來係太古洋行嘅物業，法國修會喺呢個原本叫做利牧苑嘅太古樓建成一條全條村都係天主教徒嘅村落，直到七十年代中至因為置富花園同薄扶林花園呢啲大型屋邨發展而拆卸。當年呢條村仲有露德聖母堂，成為薄扶林區嘅堂區。今日仲

留返一條利牧徑用返舊名俾人懷舊。跟住望去西便最遠見倒嘅高層校舍，都係天主教學校。一間係嘉諾撒聖心書院，遠啲嗰間係余振強紀念第二中學，校舍裡面就有重建新嘅露德聖母堂。好嘞，睇返我現身處呢個涼亭所在嘅呢一條係薄扶林村，當年全部天主教徒嘅太古樓村同佢係隔籬鄰舍。當時，五十年代中間，露德聖母堂嘅本堂司鐸明之剛神父，喺薄扶林村有間村民供奉李靈仙子嘅靈塔廟側邊塊空地建成太古樓以外第二間診療站，由太古樓嘅修女療治護理薄扶林村啲村民嚟！你話當年天主教村同薄扶林村啲外教村民相處得幾融洽呢，唔會話「獨家村」嘅可？（淡淡一笑，見沒人對其笑話有反應而笑容隱沒）斯時候，天氣溫和，嬰兒出生率創新高而人口死亡——（猶疑）……人口死亡率係與發展國家相若。我睇倒你哋有啲人唔耐煩咁款。（看錶）而好橋嘅咁啱得咁橋，講到呢度啱啱夠鐘。多謝大家留心聽講。下一次嘅「教區朝聖懷舊遠足一日遊」，會係四星期後舉行，喺星期日，六月十六號。為大家做導遊嘅將會係霍姑娘。依家解散，再見。

零星的掌聲，顯示聽眾人數很少。他目送眾人離去，從袋中取出一筒胃仙U，放一粒入口中。他在亭中小台坐下，掏出一包香煙，手拿煙正遞向嘴的半途中，突然凝住，似乎忽然有所頓悟。一婦人上，是他太太荳荳，六十歲。

荳荳　（上前趨杜林）嗚——We！杜屎！（杜林唯一的反應是繼續完成點煙）我嚟撞你呀。

杜林　（不悅）係咩？

荳荳　我撐到上薄扶林水塘再行返落嚟，係咪好叻呢？（回順氣）啊……好鬼斜嘅，我自己咁諗，天主保佑我唔好一衝落斜路就收唔倒掣。

杜林　如果係咁衝到埋嚟咪搞到我嘅講解有啲生氣勃勃囉。

荳荳　我响山頂望倒你，一個人係咁講，不過我聽唔倒你講乜，又唔想走到落嚟整到你唔自然，咁我咪等吓囉。好唔好行呀你個遠足團？你哋行邊度呀？你講解啲乜嘢佢哋聽呀？

杜林　我識得嘅女人之中係得你一個上氣唔接下氣都仲一輪（音卵）嘴嘅。

荳荳　我好心急想知吖嘛。佢哋係咪聽到入晒神呢？

杜林　佢哋總算維持倒隊形冇走散晒。我講得有紋有路。我覺得係。都無關宏旨啦。

荳荳天性樂天，下面隱藏怕他不快的恐懼。她抓住每個機會在他處攞分。

荳荳　你話囉！你同佢哋一路行到去邊啫？

杜林　行到呢度囉。

荳荳　你好曳曳嘅。咪啦，話我知啦。

杜林　（嘆息一聲，似乎在説「唔講唔得咩」）由油站後面沿住金夫人馳馬徑行上太平山，上到一半轉彎過去薄扶林水塘，跟水塘道返落山，經過騎術學校、大學堂、西苑，再行入薄扶林村，嚟到呢個亭為止。

荳荳　咁遠路程。

杜林　（滿足地）我敢話半路中途有一兩名開小差玩咗失蹤。

荳荳　跟住你又講咗篇精彩嘅演講。

杜林　唔係演講，我做講解啫。

荳荳　咁佢哋唔係係人都叫佢講㗎。佢哋好鬼奄尖嘅。（他冷然望住她）哼如果佢哋唔叫你講，係佢哋嘅損失咋。佢哋係邊個嚟？都係香港人啫。

杜林　你嚟做乜呀？

荳荳　嚟接你囉。

杜林　呢樣我梗知啦。我問為乜呀。

荳荳　我淨係對住屋企四埲牆對到厭囉。（感覺到他望着她）個太陽曬到樹都彎咯。你話咗我聽你最尾會行到邊，咁我咪同自己講，不如俾自己行吓山然後我哋兩個一齊行返屋企囉。

杜林　於是乎你就分花拂柳狷過啲矮樹似十足一隻老夭茄羊咩咁。（她不知如何應對，稍停）

荳荳　你令我諗起個古老石像呀。

杜林　乜話？

荳荳　我行緊落嚟嗰陣囉。你坐响度，支煙仔遞上去個嘴去到半中間你就定晒形郁都唔郁，仲冇厘生氣過個古老石像。

杜林　我係欣賞緊風景。

荳荳　唔係定啦。好似嗰個法國藝術家雕嗰個石像。

杜林　唔係藝術家，係雕刻家。

荳荳　就係佢囉……叫乜名話。

杜林　（故意）羅雙。（其實是羅丹）

荳荳　嗯。（稍停）仲有我唔係一隻羊咩呀杜屎。

杜林　係啊可。

荳荳　亦都唔係老夭茄。

杜林　使乜講。

荳荳　我知你係咁講嘢嘅其實冇意思嘅，但係人哋唔知㗎，咁唔係幾——

杜林　講完未呀？

荳荳　……唔多有風度啫。（他似當她冇到地看風景）你唔話我知阿莫點講呀？

杜林　邊個話？

荳荳　莫厚彬呀。我知你去過佢醫務所，因為我响街市撞到陶太，佢話見倒你响嗰度行出嚟嘅。

杜林　原來係為呢樣。

荳荳　為邊樣呀？（他不答，似乎回答有失身份似的）我諗怕佢有檢驗結果啦嗎。

杜林　（肯定）嗯。

荳荳　有嘩？

杜林　我哋响商場撞見。我問佢X光片有未。佢帶我上醫務所。我估佢要喺嗰度至覺得似返個醫生啩。佢整個嗰挺咁嘅表情我睇，好似送殯咁款呢，話如果我買開儲值飛嘅就轉散買即日來回嘅得咯。

荳荳　哎吔，杜屎……

杜林　（不悅）佢喺度搞笑咋。你估佢若果真係會少咁個客仲講得倒笑咩？到佢用盡晒佢啲迷你裝幽默感，佢咪講返正經囉。我自己嘅斷症係準確嘅：我有十二指腸潰瘍。佢要開一張食譜同開藥俾我，仲叫我要自己小心啲睇住自己。我就話我個名係叫做「杜林」，唔係「自戀狂」。（她一臉不解望住他）咁當然佢同你一樣唔明啦。

荳荳　你唔使入院——我係話，唔使開刀——

杜林　肯定唔使。係白痴先至會喺死之「前」攞啲器官出嚟捐。阿莫話我要戒咖啡飲鮮奶。佢啲老人病發作囉，係咁長氣猛嚕也嘢叫我戒埋飲紅酒喺。潰瘍之嗎！一個人係同潰瘍共存，不過起碼要繼續生存得有人生樂趣。（荳荳旋頭在手袋搜尋紙巾）你又做乜呀？

荳荳　冇嘢。

杜林　咪喊苦喊忽吓。

荳荳　我安樂晒呀。

杜林　你冇失望咩？

荳荳　點會呀？（明白了，責備地）我係放低心頭大石呀。

杜林　係咩？

荳荳　你咁都講得出——

林杜　細聲啲啦。

荳荳　話我失望——

杜林　呢度大庭廣眾呀，你聽倒個笑話都識笑啩。

荳荳　好難係笑——（他以目光令她噤聲）我擔心到嘔呀。

杜林　唔多覺嘞。

荳荳　我唔想俾你知我擔心咋，唔係咩？不過都避唔倒㗎啦杜屎，我哋唔係十八廿二嘞，到咗我哋咁嘅年紀——

杜林　唔好用紅線間住我哋嘅年紀。

荳荳　到你以為等咗咁耐終歸成個人鬆晒嘞，有機會享受人生嘞，就咁啱有啲咁嘅嘢發生嘅囉。你知我點嗎？我咁話：天主呀，唔好啦，唔好喺正依家啦，佢八月就退休咯，我哋就可以渡假咯啩返吓咯買返架細車同埋——（停住，因說得多過該說而苦惱。稍停，他等住她試圖自我開脫）我係話——

杜林　乜嘢細車話？

荳荳　你肯認出嚟吖嘑，其實你同我一樣咁擔心。

杜林　你話買架細車。

荳荳　幾時有呀？（當他憤然吸一口氣時）細細架之嘛。

杜林　你意思係買架私家車？

荳荳　依家興吖嗎，有政府津貼鼓勵人揸環保車。

杜林　鼓勵人渣……？

荳荳　（神經質地呮呮笑，因無心的諧音）我好搞笑可。

杜林　你又出乜嘢新花款戀居主意呀？

荳荳　我哋買得起啫。你有嚿錢擺吖嗎。（軟弱地）有車揸唔好咩。

杜林　你個腦醞釀咗呢味嘢幾耐呀？買架車。借問聲，俾邊個揸呀？

荳荳　你去學幾個鐘囉。

杜林　你咁睇得起我？

荳荳　潰瘍唔影響倒你啫。

杜林　係啊可。

荳荳　隔籬座毛生都買咗架，佢周時暈嘅噃。

杜林　咁你諗定未呢，我哋揸住呢架細車呢，去邊處好呀？

荳荳　去……兜風囉。

杜林　（沒抑揚地）兜風。

荳荳　我哋可以去探人，朋友呢。

杜林　例如乜水呢？

荳荳　（模糊地）你知咯。

杜林　你話朋友，乜水呀？

荳荳　新朋友囉。（他決定聽夠了，掃掃乾濕褸，扣上鈕）咪嬲啦杜屎，我估你會有興趣嘅。

杜林　我一啲都唔嬲，佢對我定我對佢都冇興趣可言。你太過自把自為，冇同我商量過，你就坐响度織你個網，任你嘅想像天馬行空四圍亂咁飛。然之後，到我用理智之聲同你講，你就嗮聲撻返落地咯。你咁作賤自己。嗱，你唔覺得用兩隻腳周圍行嘅嘈佬同衰人仲唔夠多咩？仲要我再同揸車嗰啲鬥嚟？學車喎。

荳荳　你唔想學車，或者我去學囉。

杜林　（好心地）用吓腦啦。全人類雞飛狗走避你㗎。（看錶）夠鐘。行啦，你返屋企啦。

荳荳　我諗住我哋可以兩家一齊——

杜林　……行返屋企吖嗎。你講咗啦。我仲要去搵人呀。

荳荳　去邊呀？（他又望她一眼做那表情，似乎她早該不問）我係話，我煮落煲牛腩燉兩個鐘嘅校咗。你唔會晏返吖嗎？

杜林　我試過晏返冇吖？

荳荳　冇試過，杜屎。

杜林　冇試過半次。咁你返屋企先啦。

荳荳　噝，咁你咪——（忍住，下。他目送她不見為止，然後往台右，可能暫時下）

台右燈亮，是一住宅的客廳，小而溫馨。新裝修過，傢俬——如一加二梳化——也是新的。原著是紅磚屋，可以是村屋或大廈單位。原著有電視電火爐，酌情更改。

瑪利上，和荳荳年紀相若，杜林隨後上。

瑪利　嗰句係點講話？咩嘢「十年唔逢一潤咁乜嘢風吹錯蕩」係嗎？入嚟坐啦。

杜林　你肯定係歡迎我摸上門至好。

瑪利　呢樣我到死嗰日都唔肯定。（他自尊受損地止步）（她有點混亂）我都唔知算定唔算歡迎你摸上門。

杜林　你唔鍾意嘅我可以唔嚟……

瑪利　我鍾唔鍾意你嚟，就要等到我知咗你為乜事咁錯蕩先至話你知。（打量他）仲係一樣咁面口。嚇到人哋都唔敢正眼望你。

杜林　你好似有一份撩交嗌嘅興致咁噃。

瑪利　咁我係出乎意外噃，你咁嘅稀客。

杜林　（通情達理地）你唔覺得出乎意外就真係出奇咯。怕者依家唔方便招呼我啩。

瑪利　哎吔，咪咁鬼死獨家村啦。

杜林　我可以第日再嚟過略。

瑪利　係囉，左三年右三年又過多六年之後吖嗎。你除咗件雨褸坐低啦好心，成五月天時仲包到自己成隻糉咁。

17

杜林　「未食五月糭，寒衣不敢送」吖嗎。

瑪利　終須有日你老人痴呆咗就買件新嘅。俾我掛起佢啦。

杜林　（脫乾濕褸）佢喺度嗎？

瑪利　邊個呀？

杜林　你位先生呀。

瑪利　喺唔喺企佢總之都有名俾你叫嘅。

杜林　係。咁佢喺企嗎？（她一手搶去乾濕褸，盛怒地握另一拳在他面前一揚）

瑪利　我遲早喫真㗎，你睇住吖。佢去咗 ──（小心地提起他名字）阿樂去咗七十一飲返罐青島。

杜林　（不信地微笑）一罐咁少？（她傲然不屑答。掛起乾濕褸。觀眾首次注意到她走路微跛）你幾好吖嗎？

瑪利　你睇見我咁樣囉，冇穿冇爛。

杜林　我係話復原晒啦嗎，單交通意外。

瑪利　你咁落後㗎。我好返晒好耐啦。

杜林　我知道嗰陣好擔心吖嗎。

瑪利　我知，我收倒你封信。我好出乎意外你結尾冇寫「乜乜敬上」。（後悔說了）你仲使阿荳荳嚟探我㖭。有心。

杜林　（講理地）話晒你受咗傷吖嗎。

瑪利　我周時咁同阿樂講，我咁模範病人，佢哋私人醒我個濕度計裝入我隻腳做紀念品。我可以做天文台預測天氣咯。

杜林　都唔多覺你趷腳啫，有冇令你唔舒服呀？

瑪利　淨係有人提起至會啫。

杜林　你睇嚟真係幾好噃。一啲都冇老到。

瑪利　同幾時比呀？尋日呀？

杜林　我係話由我哋——

瑪利　你喺街庶日日同我擦身而過，你直程當我係隱形定係玻璃咁透明嘅。如果你大早睇倒我，你就行過對面馬路。如果趕唔切呢，你就擺出個表情好似路中心有隻車死狗咁款。搵你自己又搵埋我嚟獻世俾人睇。

杜林　我哋一直都冇偈傾吖嗎。

瑪利　我知吖！

杜林　我唔係偽君子。我唔會扮到一番好意咁嘅樣，淨係為咗做俾街頭巷尾啲諸事丁同隔住窗簾裝嗰啲人睇。

瑪利　點吓頭你唔會死㗎啩。

杜林　你情願我唔老實？

瑪利　你鍾意點就點啦。你係獨家村，冇變㗎嘞。

杜林　(大量地微笑)我仲未見過女人講道理唔講惡死嘅。

瑪利　你摸上門嚟激我係嗎？

杜林　唔係，你嘅投訴我收到。我哋之間有乜恩恩怨怨都已成過去啦。

瑪利　(恐嚇地)係咩？

杜林　我諗我哋係時候做返朋友囉。

瑪利　你就係為咗咁摩上門？

杜林　(小聲地)摸上門。

瑪利　摸上門。

杜林　到咗我哋咁嘅年紀，冇幾多日剩低俾我哋嗱晒愛嚟拗撬。

瑪利　時日無多吖嗎。

杜林　冇錯。

瑪利　你未了嘅心事吖嗎？所以你過咗六年之後若無其事咁行入嚟，預咗有紅地氈歡迎你仲切埋燒豬噉。（他不答）斟杯茶俾你好嗎？

杜林　唔使嘞。

瑪利　要飲酒都有喎。

杜林　（考慮）呀，係咁，咁我就俗語話齋，卻之不恭嘞。（她走向酒櫃）細杯仔好喇。醒吓胃囉。荳荳炆緊牛腩。

瑪利　佢點呀？

杜林　冇變囉。

瑪利　你心血來潮喎。

杜林　乜話？

瑪利　要做返朋友囉。

杜林　今朝聽咗啲健康有關嘅消息。係好消息。（她望望他）我冇病，不過有咁可能啫。一片烏雲籠秋夕。

瑪利　依家嗰雲就散咗嘞？

杜林　過雲雨灑一陣啫。

瑪利　咁你就覺得志得意滿嘞。

杜林　或者都係啦，不過呢次提醒我，人生幾何。如果莫厚彬唔係講埋晒佢啲九流笑話，而係斟杯酒俾我，又避開我視線咁呢——

瑪利　你邊度唔妥啫？

杜林　腸胃唔舒服。嗱如果呢條天線同呢條（指眼耳）接收倒第二種判詞呢，哈，咁我咪終身遺憾——（修正，笑住）我咪會好後悔嘥咗嗰六年囉。

瑪利　你自己斟好嗎？我成世都唔識斟幾多。（遞酒瓶及杯）六年？你有冇試過加起晒我識你嗰日起計，你幾多時候冇同我講嘢呀？四十年來佔幾多年呀？你成個香港夏天天氣咁，一日陽光普照，第日就落大

雨。你可以成個禮拜或者成個月都係開心果：連隻貓咁有性格你都引倒佢笑；話咁快跟住呢，你成塊面口好似判官……最後審判對住大罪人咁。咁就好似有支窗簾路軌撐住你背脊咁大步行出門口，噘咗一村人咁，連杯水凍咗你都唔受得。

杜林　你把口係咁話啫，但係你心裡頭知道，我一向係成條村最講道理嗰個。

瑪利　飲你杯酒啦。

杜林　仲係一個講原則嘅人嚟。

瑪利　哦，呢件我知，使你講我知咩。你上到天堂唔夠兩個字就同天主討論咩原汁臘腸㗎嘞。（放棄地）我都唔知點有你修。

杜林　（舉杯）為我哋嘅交情飲杯。

瑪利　然後等下次見囉。

杜林　唔使等，我應承你，我唔會再俾你挑釁倒我㗎嘞。（他喝酒，她張口欲憤然回嘴，終放棄）呢隻紅酒唔錯嘥。

瑪利　你冇留意到我個廳嘥。

杜林　係咩？（回顧）係嘥。

瑪利　我哋將筆意外保險賠償用嚟裝修過囉。

杜林　好有品味。

瑪利　又置兩件新傢俬咁啦。

杜林　我好讚賞。

瑪利　十年唔逢一潤嘥。

杜林　冇咁嘅事，我幾時嚟到都當呢度自己屋企咁嘅。

瑪利　往日太沉色，啲老人家，上晒天堂啦，佢哋鍾意咁，冇日頭曬入嚟，搞到周圍黑沉沉陰陰森森。我諗吓不如跟吓潮流啦。

杜林　跟倒啦你。

瑪利　舊時係紅白二事至出嚟廳度㗎咋。往日習慣係咁嘅：間房至愛嚟住嘅，間廳係擺崩口茶杯嘅古董舖。客廳喎，係咁叫啫。「邊個撳鐘呀？」「明神父嚟傳臨終」「請佢入客廳坐啦」。

杜林　(笑)係吖。

瑪利　我大清除一鑊過囉。好古怪，傢俬好易掉，搬出門口咁就掂嘞，但係啲樟腦丸同樟木櫃陣味呢，我阿媽整到成屋都咁大陣味，也都趕佢唔走，遲早陣味送晒我哋走為止。總之，依家我哋用吓個廳咯，冇咁㷫囉。我仲裝修埋個廚房㗎。你記唔記得係點㗎？

杜林　我記得廚房係點嘅。

瑪利　睇吓你認唔認得。嚟啦。(二人走出廳)記唔記得個舊灶頭同個紗櫃同埋瓷盤上高單丁一個黃銅水龍頭吖？

杜林　(湊她興地)唔係清晒咖？

瑪利　(洋洋自得)你睇吖，入去啦。(説着時，二人步入台左演區，同時此區燈亮。見到的是四十年前舊廚房，灶頭(炭或火水爐)、紗廚櫃，只有冷水龍頭的搪瓷盤。如瑪利所述。阿咩(少年瑪利)及道士(少年杜林)圍摺枱坐，他督促住她在默讀，唇動着。桌上有功課簿及文具等。杜林看着二少年時，瑪利天真地描述今日的廚房)你點睇呀？金記幫我裝埋廚櫃同埋吊架。不過裝新嘅冷熱水喉同鋅盆就大工程咯。個洗衣機都係啫，入水位惡搞囉。總言之，搞掂咗嗰筆咯，我就諗吓，襯就襯晒佢統一士die佬佢囉，去就去到盡啦，咁咪置埋啲新枱櫈囉。

杜林　(只是半聽，看着阿咩)你變魔術咁噃。

瑪利　到咗我哋咁嘅年紀，嘆返吓有乜所謂噃？

杜林　冇所謂之至啦。

瑪利　我哋唔縱吓自己，冇人會縱我哋㗎喇。(提示他)你又點睇呢？(杜林站近阿咩身後，撫她頭髮)

阿咩　咪啦。

道士　對唔住。

瑪利　你鍾唔鍾意吖？

杜林　對唔住，立立令嘞。依家啲潮語興點講話，嗰句核突詞語？實用呀，好有實用呀。

瑪利　(平板地)收倒。

杜林　我話個詞語核突，唔係個廚房。

瑪利　(冷冷地)係，我明解。

杜林　舊時响廚房當客飯廳咁一日捕响度嘅，依家淨係喺度煮食洗衣乾衣，有實際用途囉。Corian面，大雪櫃，黃色廚櫃——

瑪利　(幾乎氣結)係櫻草色呀。

杜林　係咩？(假作熱心)係囉。

瑪利　我知你好有興趣細心欣賞。

杜林　瑪利，千祈咪叫個男人評價個廚房呀。嗱荳荳呢就山陰道上咁嘞叫佢嚟睇。

瑪利　荳荳有tay屎嘛。你漏低咗杯酒。(仍稍怒地領他回客廳)

杜林　成間新屋咁。你要扰幾多錢落去我就——

阿咩　(把書推開)我都一頭霧水唔知佢噏乜。

杜林出廳前回頭望她。

道士　好簡單之嗎。

阿咩　有腦啲人就咁話囉。

道士　俾我睇睇。(杜林隨瑪利進了客廳)

阿咩　呢橛囉。(朗讀)「懷我少壯時，無樂自欣豫。猛志逸四海……賽……」

道士　係「騫」，「……騫翮（音隔）思遠翥（音煮）……」到後來就：「氣力
　　　潮衰損，轉覺日不如。前塗當幾許，未知止泊處。」

阿咩　即係點解啫？

道士　個詩人——陶淵明——呢首《雜詩》係話：後生嗰陣時，唔使有乜嘢
　　　樂事，一樣自得其樂，有大志，要縱橫四海，高飛遠引，想做乜就
　　　放縱自己情感去做。（幾乎臉紅）有青春就有熱情囉。唔介意做傻事
　　　㗎，因為到老先至會經多事長多智吖嗎。

阿咩　不過你已經係智多星啦。

道士　唔係。我係聰明，同智慧有分別㗎。後來嗰四句話老咗就唔可以做
　　　後生做嘅嘢，即係……人老扮後生不雅觀嘛。

阿咩　係咁解咩？

道士　係。

阿咩　咁佢做乜唔就咁講要話咩嘢「轉覺日不如」啫？係咯，係我蠢解唔明
　　　啫。

道士　邊係呢？

阿咩　天主鬥埋鬥分啲頭腦俾一個個人吖嗎。你大份我細份囉。你話老咗
　　　扮後生咩嘢不雅，係咪因為咁所以唔多見啲老柴攬攬錫錫咁呢？

道士　哦，其實陶潛佢本來話——

阿咩　我係話，係因為佢哋唔想俾人見倒咁做，定係因為老咗就冇興趣咁
　　　做呢？

道士　（尷尬）哦，兩樣都有啲嘞，我諗。

阿咩　想像吓，俾個巢晒皮又黃柑柑（一高音一低音）嘅老坑錫你個嘴喎。
　　　（想着打冷顫了）Ugh！

道士　（取起書）下一段——

阿咩　總言之，錫嘴係一單，仲有第單係佢哋想做還想做，佢哋做唔倒呢
　　　……知冇？

道士　乜話？

阿咩　做乜都唔靈囉。無能啦嗎佢哋。(他瞪視着書來掩飾不安)起碼個男人唔得囉。個女人就可以攤喺度手指尾都唔使郁吓咋，佢嗰份就易過借火啦。(咭咭笑)個老蚊公就攞佢命咁大鑊咯，唔係咩呀？你一世人一開首細佬哥嗰陣又未做得，到咗收尾老蚊公嗰陣又做唔倒咯，好冇癮可。(注意到他)乜你面都紅晒嘅。

道士　冇其事。

阿咩　有定啦，好似飛天火屎咁——燒雲呀。(取笑地)你話我知，要講真話，到我又老又白晒頭嗰陣你仲愛唔愛我啫？

道士　會。我會㗎。(他嚴肅而直接地答，輪到她失措)

阿咩　(決定以笑遮醜)係唔係真嘅先？

道士　我講咗啦。

阿咩　對住天主發誓咁嘛？話我知啦。(他不語，不知如何應對這語調)你因住我真係信鬼咗你呀吓。(親密地)博到盡嗱，你係吖，博到盡嘅賭仔，知冇？

道士　(回到書中)我哋溫埋課書先。(朗讀)「猛志逸四海，騫翮思遠翥⋯⋯氣力潮衰損，轉覺日不如。」

阿咩　哎吔，收檔啦。我個腦都實晒咯。

道士　就溫晒㗎喇，仲有四句咋。

阿咩　你放過我啦。

道士　兩分鐘咋。

阿咩　你實放過我嘅，我叫到你冇托手踭嘅。

她欲把書推向一旁。

道士　咪咁呀吓。

阿咩　我俾個 key 時你吖。

道士　唔好。

阿咩　吓？

道士　我話唔好呀。

阿咩　就係呢條友仔又放聲氣話愛我。

道士　我唔買賣愛情嘅，唔該先。

阿咩　(模仿地)「我唔買賣愛情嘅，唔該先。」天主呀，乜你造出個咁嘅獨
　　　家村㗎。你知唔知成條村啲人點叫你吖？知唔知佢哋幫你改咗個乜
　　　嘢花名吖？

道士　就因為我唔肯順你意──

阿咩　阿婆痰罐呀。好襯你吖。

道士　「氣力漸衰損，轉覺日不如…… 前塗當幾許，未知止泊處……家為
　　　逆旅舍，我如當去客。」

阿咩　阿婆痰罐。

道士　陶淵明覺得死亡，好似由家園呢間旅舍客店度找數離開咁。

阿咩　佢係咁講咩？

道士　家只係一個暫時歇腳有瓦遮頭嘅處所。

阿咩　佢好醒可。

道士　佢用咗「賦比興」嘅「興」(音慶)，即係「隱喻」。

阿咩　用咗乜「隱喻」搞到條「褲」隻「髀」嗰度「熨」焓焓話？(他大力砰然
　　　拍書在桌，令她一跳。稍停)咪咁熨啦。

道士　你今次考試肥梗啦。

阿咩　年卅晚出月光咁出奇咯，我同你一樣睇法喎！

道士　你本來可以合格㗎。

阿咩　易過借火，眨吓眼咁快。

道士　你嘅頭腦唔差㗎。聰明，轉得快——

阿咩　仲喪喪地㗎。你迫到我癲咗咯。我朝早起身，個衣櫃門有個鏡嘅，我照吓個鏡就見倒有個人望返住我，但係唔係你見倒嗰個㗎。天主先知佢係點樣嘅。

道士　你自尋煩惱嘅。

阿咩　係你同你個爛鬼陶淵明囉，我對住你哋兩個夾埋就死火咯。

道士　佢好易明㗎咋。

阿咩　我信。有個老竇阿sir嘅就係囉。

道士　關我老竇教書乜事呢。

阿咩　唔多關，關的咁多。佢打到你二跳四吖嗎打入你個腦度。阿樂話我知嘅。

道士　嗰個倒吊冇滴墨水！

阿咩　佢話——

道士　（嫉妒）你幾時見過佢呀？

阿咩　佢話日頭落咗之後就永冇放你出門口㗎嘞。鎖住你响企，你老竇就揾條雞毛掃fit到你腳都跛咁滯。佢話你嗌痛嗌到美高梅隻獅子咁——

道士　佢有句真。

阿咩　成條村知晒啦。你老竇往日係咁請你食藤鱔炆豬肉囉。

道士　我從未嗌過痛，「呢句」唔係真嘅。

阿咩　我伯爺（高音）有次揾皮帶fit我㗎。

道士　幾時呀？

阿咩 我夜咗返嚟囉,最尾班巴士都走埋,要坐11號行返屋企囉。我十六歲嗰時囉。我行到入門口,佢就擔心到得返半條人命,佢問我有冇人逗過我,我話佢知冇啦咁佢就殺咗我咯。

道士 我伯爺……(猶疑)

阿咩 乜呢?

道士 佢係驚第啲細路當佢偏心錫晒自己嘅仔,佢要做俾人哋睇佢幾咁大公無私。

阿咩 咁就點呀?

道士 咁佢咪詐諦捉倒我發緊夢遊埠定同隔籬位傾偈定出貓抄人哋張卷。「杜仕林,企出嚟。」

阿咩 (入神)有冇九兩菜呀。

道士 仲趯趯都打對腳,永冇打手板,事關佢要擔保我仲揸倒筆做功課。

阿咩 係我老竇就操去學校找個阿sir晦氣咯。

道士 我冇咁福份。(阿咩咕咕一笑,留心傾聽)佢仲俾額外家課我喎,知冇。晚晚三個鐘頭,第朝早佢就批改,返學之前呀。佢要我攞倒獎學金。佢話:一個教師嘅仔,一個有頭腦嘅男仔,要老竇出錢供佢讀書應份覺得羞恥。我啲家課做得曳呢,嗱西啲呢,佢就攞條雞毛掃出嚟,搵佢逗起我個下巴(音爬),佢就話:「我要你知清楚我為乜罰你,留返第啲仔弟,啲蠢鈍兒,啲懶蟲,由得佢哋去做手作仔定整馬路定揸兜乞食。由得佢哋冇錢交租就上樓住徙置區,冇錢就瞓街。不過你唔應份係咁㗎,耶穌保佑,唔好搞成咁!」……唔好意思。「讀書受教育呀,即是袋錢入你袋,將個世界裝入你個腦度。終須有日你就流晒眼淚感激我,事關係得我一個你真係叫一聲老師:一日為師終身為父嘅。」佢買支幼身雞毛掃,掘起嚟fit fit聲嘅。(笑)全班學生幾咁眼紅我,我年年都考第一吖嗎。你知冇,佢死咗九年嘞。

阿咩 係車死可?

道士　嗯。

阿咩　响橋底。

道士　係。

阿咩　你好傷心可？

道士　我當時第一個諗頭係：明天唔使揸雞毛掃。

阿咩　(感性地堅持)呀，然後你就傷心囉。

道士　我估係噉。我十五歲咋，我想要天邊月但係得唔倒。我想我老竇在生，但係就做咗孤兒。

阿咩　(咧齒而笑)賭仔。

道士　係真㗎。

阿咩　總之多得佢，你出人頭地啦。

道士　點出人頭地法？

阿咩　如果冇佢咁督促你，你點會有今日咁風光㗎。

道士　(被逗笑地)我好風光咩？

阿咩　我老竇話嘅，佢話政府工係鐵飯碗，佢話你實好搶手做人佳婿喎。

道士　(飄飄然)係啊可。

阿咩　終須有日囉。

道士　佢咁講？

阿咩　(言不由衷)睇吓益邊個。

道士　亂講。

阿咩　益邊個女仔都好啦。(然後)嘩，我老竇畫公仔畫到出腸咋，你信佢就大鑊喇你。

道士　(引蛇出洞)乜嘢畫公仔畫出腸呀？佢講邊個呀？

阿咩　（又模仿他）「乜嘢畫公仔畫出腸呀？佢講邊個呀？」你真係咁天真無邪，連煉獄都免咗你咯可？講到尾呢，我唔嫁人㗎，邊個都唔嫁，數到尾更加唔嫁你，所以你唔使問都得嘞。

道士　我唔問。

阿咩　你個衰公。冇行呀，我嫌你太過軟皮蛇死蛇爛鱔呀你，你心裡頭直頭係個修女㗎嘅。

道士　乜話？

阿咩　直頭係啦。

道士　（被逗樂地）真嘅？

阿咩　嗯。

道士　修女？

阿咩　聖華學校嗰啲咁，巴黎外方傳教女修會嘅修女。（她的笑容開始消失）都係時候話你知囉。

道士　係啊可。（慢動作看錶）嘩唉，講開係時候 ——

阿咩　依家你又發晦氣嘞。

道士　冇其事。

阿咩　你火燒心囉。

道士　冇啲咁嘅事，我只不過覺得我係時候要 ——

阿咩　講得笑囉。

道士　我講得笑，事實係呀。

阿咩　咁你趕住去邊喎？

道士　返去修院囉。

阿咩　（走去截住他）哈，你個小氣鬼，返嚟。係呀，返轉頭，聽話啦，坐低。

道士　我要返屋企喇。

阿咩　咪講大話，坐低。聽住，你做乜認住我嚟糟質啫？我同你係水溝油，南北極，我都唔襯你嗰流人，點解啫？(他呆望她)我有乜嘢吸引倒你咁前世啫？

道士　你係一個……

阿咩　講落去啦。

道士　……好好嘅女仔。

阿咩　(略嘲笑地)咁你都講得出？

道士　嗱，我唔係傻嘅。我喺呢條太古樓村第一次見倒你，我就咁同自己講：佢係凡人，同所有人一樣有缺點。事實係，我係指，你浪費晒啲光陰落喺咁嘅垃圾度，捕住個收音機陶醉晒咁聽邊個紅歌星，乜嘢貓王狗王定披頭滾石。你個腦愛嚟裝載晒邊個電影明星婚變定邊個偷情呀嘛。你嘅思想五時花六時變咁無定向風，你又唔睇書唔閱讀，呢一樣我認真唔明，我每次一打開本書，就踏上一次新旅程。你又同姜阿樂啲咁嘅街邊流氓傾得埋——佢入過架步喋你知嗎？呢，唔怪得你沾染倒啲咁嘅惡習，鍾意講人嘅……身體某啲部份嗰類囉，真係吖！

阿咩　(一臉正經)但係我係「一個好好嘅女仔」。

道士　哦，係呀。

阿咩　而我同你係好登對可？

道士　我就係講你知呢樣囉。(她握拳在他面前一揚伸向他下巴，正如上一場瑪利對杜林所做一樣)

阿咩　終須有日我會喋，你睇住嚟啦。

道士　會咩呀？

阿咩　我會——(突然失笑，轉身)哎吔，返屋企啦你。

道士　呢樣又係你另一樣小缺點，無端端發老脾。

阿咩　你過主啦。

道士　我臨走之前——

阿咩　拜拜你條尾。

道士　唔該吖，你准我做埋一件可以令到今晚值得紀念嘅事吖。

阿咩　會咩？

道士　俾我做埋佢啦。

阿咩　好，爽手啲吓。（她閉眼待吻，然而他並不看她，取起書）

道士　最後兩句，一分鐘，我擔保。

阿咩　（大怒）你去死啦你。

道士　「求我盛年歡，一毫無復意。」……「家為逆旅舍……」（後門敲門三響）

阿咩　（跳起）咩呀？（一陣古怪低沉呻吟聲）耶穌聖母呀，係咩嘢呀？（門微啟）走呀。道士，保護我呀，咪俾隻咩嘢入嚟呀。（阿樂伸頭進門）

阿樂　點呀？阿咩，實係嚇到你標尿啦？

阿咩　係。（喜見是他）你個死仔包吖你，咁都俾你嚇倒真係冇鬼用咯。（向道士）係阿樂呀。

道士　（冷冷地）係咩？

阿樂　（見到他了）呀，鬼整佢吖，睇吓邊個响度。（他走過去和道士招呼的同時，廚房燈暗。客廳燈亮，老姜已進了廳，像鏡中反映般正走過去招呼杜林）

老姜　真係痰罐本人嘛，真係十年唔逢一潤咯，可？

瑪利　「我」咪咁話囉。

老姜　老朋友，揸揸手。(與杜林握手。老姜與杜林年齡相若，一個沒有擔戴、樂天的人，身體已屬老殘)哦，都應份嚟搵吓我哋啦，我哋冇見咁耐，你身子仲幾好吖嗎？

杜林　人哋話我幾好咁話。

老姜　(望完一個再望另一個)咁啲舊債一筆勾銷咯，可？點講話？「笑一笑⋯⋯一吻⋯⋯唔記仇」可？

杜林　(抱怨地)佢講到我好似羅密歐咁 —— 咩「一吻」呀。

老姜　簽埋和約囉，*Sealed with a Kiss*，啜，啜，(唱結句)"sealed with a kiss"。(用同一樂句)Doo⋯⋯杜⋯⋯林⋯⋯Doo。嘩，fit 晒隻歌呀！(向瑪利)有冇請佢飲返杯呀？

瑪利　我梗有啦 ——

杜林　一杯夠晒嘞。

老姜　梗係唔夠啦，佢隻杯呢？

杜林　好心你啦，你可唔可以理解到呢個世界上有啲人唔似得你，係嘴句講嘴句㗎。

老姜　我知，一樣米養百樣人吖嗎。(忙於倒酒)

瑪利　(向杜林做手勢)飲多杯啦，呃吓佢開心囉。(向老姜)噚你咪乘機斟杯俾自己呀吓。

老姜　陪人客一杯咁多啫。

瑪利　冇得傾。

老姜　開講都有話：「酒逢投機千杯少」吖嗎。

瑪利　你嗰份人呀，隔籬屋死隻貓，你都飲返杯送佢上天堂㗎啦。

老姜　咪做黑白天鵝啦你。

瑪利　佢响七十一路咗半日不知幾多罐啤㗎嘞，成餐晚飯嘔返晒出嚟都唔係新聞啦。

老姜　（遞酒杯給杜林）你睇吓我要抵受乜嘢月裡嫦娥？我自己縱慣佢嘅抵我死囉。

瑪利　（諷刺地）天主可憐吓佢咯俾人哦。

老姜　我大早應份借你本《玄壇伏老虎嘅秘笈》咪吓嘅。阿荳荳一早就宣誓效忠皇上咯。想當初佢由初歸新抱就下馬威拎條馬鞭出嚟，到如今佢正眼都唔敢望你一眼囉。

杜林　你咁講係當講笑話可？

老姜　我咪衰呢味囉，衰臉善呀，唔係咩？

杜林　你所講嘅失實又失禮，荳荳從來都冇怕過我。

老姜　（傻笑）伏虎玄壇呀佢係。

杜林　肯定冇話無緣無故怕我，佢天性淳良，又緊張大師，呢樣我認，不過你影射話我高壓欺凌佢——

瑪利　阿樂講笑咋。

杜林　係咩？我估唔係嘅，唔好意思，我的確好反感，我最鄙視專制暴君嘅，一家定一國嘅都係。

瑪利　我哋收倒。（怒視老姜）你專係咁嘅。

老姜　專係點啫？我讚條麻甩佬佢响屋企話得事有乜相干嗚？（向杜林）同你講句嘢啫，你成身起晒鋼成隻箭豬咁。嘩，聽住⋯⋯飲勝佢，好高興見返你。（明顯開心地一飲而盡大半）

瑪利　佢份人係咁㗎嘞，一杯在手冇晒憂愁。你隔咗六年長又睩返我哋，佢啲好奇都唔使問聲你點解。

老姜　有乜好問啫？佢嚟咗我好歡迎佢，係咁囉。（向杜林）你同我哋食埋餐飯至准走呀。

瑪利　冇行咯，荳荳煮定飯等佢呀。

老姜　荳荳真係唔話乜，佢又點呀？身子好好可？「瘋瘋狀態」可？

杜林　佢過咗「巔峰」一排一路走下坡咯。(後悔)佢好好。

老姜　咁你揸筆搵食又撈成點呢？

杜林　你指我份工係嗎，我八月退休咯。

瑪利　好難咯。

老姜　終歸食長糧咯可？

瑪利　(不信)唔會，仲爭好多年喇。

杜林　八月五號。

老姜　仲有成一大嚿「林審」嘢到手㗎。

杜林　係lump sum呀。

老姜　犀飛利咯，之不過有啲人係抵佢荷包腫脹嘅。可？哈，踎登呢就係輸蝕咗呢樣囉，冇退休年齡嘛。

杜林　(不理他，向瑪利)仲有十個禮拜啫。

瑪利　係真嘅，係真嘅，啲鐘頭就過得慢啫，一年一年就飛咁快過。

老姜　嗱，呢條你要答我。(以手指篤杜林，把臉伸到鼻尖相對)係呢條問題，啲時間飛咗去邊呢？

杜林　(猛醒)乜話？

老姜　時間呀，講俾我哋知吖。

杜林　大部份用咗喺聽啲廢話。

老姜　係咩？

杜林　係啲小丑噏嘅。

老姜　你傻得堆，好忍真。(伸手取酒)

瑪利　咁你有乜嘢做呀？

杜林　做？

瑪利　點用你啲時間呀，我估你如常咁一早算好度好喇啦。

杜林　我早幾日計晒數嘞，我發覺我已經等於環遊世界八次略，二十一萬哩。可惜吖，係响37號巴士上便做旅客啫，荳荳話依家我哋有機會去多倫多探詩麗同佢老公。

瑪利　應該啦。

杜林　佢去咪得囉，我好懷疑加拿大同我啱唔啱呀。

老姜　佢得罪過你呀？

杜林　去過嗰便啲人話我知呢個國家有乜性格嗰，我得倒嘅印象係室外大有天地，但係室內幾乎一無所有。

瑪利　你可以探詩麗同啲外孫嘛。

杜林　佢生咗四名略。

瑪利　我聽聞過。

杜林　舊年暑假佢哋返過嚟探我哋，你怕响商場撞過啲細路，好似縮水泰山咁嘅件頭。至於詩麗呢，佢素來都係個平凡女子，太純品囉，好似佢家姐咁，似弦麗囉。怕者加拿大同佢係天作之合啦。我開始覺得佢成個人肉多倫多嚟嘅。

瑪利　(責備地)杜屎呀。

杜林　唔去咯，我留守喺香港囉。

瑪利　你冇啲骨肉親情。

杜林　我唔同意，我兩個女都錫，不過疼錫未至於令我盲目，睇唔出個事實出於一種生物學上古怪嘅特性，佢哋係遺傳阿媽多啲。我响弦麗領堅振嗰日發現佢係嘅。神父問佢：「你棄絕魔鬼嗎？」嗰陣，佢面紅紅咁話：「我冇乜所謂。」至於詩麗呢，我問佢你近來點呀，佢就答我囉，然之後我哋咁耐偈，只係每半個鐘撬出兩個字，邊值得橫渡太平洋去咁傾法嗰。

瑪利　但係你就俾荳荳去？

杜林　對佢而言係放假囉，又或者轉吓水土可以吹走咁啲佢腦裡頭啲古靈精怪鬼主意，佢想買架車喎。

瑪利　佢有tay屎囉。

杜林　佢越老越離譜。

瑪利　邊係呢？

杜林　買車都敢死。

瑪利　你咪買俾佢囉。

杜林　你同佢一擔擔（一去聲一平聲）。

瑪利　咪咁孤寒啦。

杜林　係一時興到咋。佢由間屋一落到街就係巴士總站，佢使乜揸車啫？

老姜　呀，之不過有啲碇方巴士去唔到呢。

杜林　乜話。（如前，幾乎是敵意的吠叫）

老姜　譬如壽臣山道半中間囉。

杜林　嗰度點呀？

老姜　巴士去唔到囉。

杜林　我去壽臣山道做乜嘢。

老姜　你可以搭行南風道嘅巴士去到壽山村道同黃竹坑道交界個路口，但係315唔上壽臣山嘅，你要自己把路躓踱上去。

杜林　踱上邊度啫？

老姜　一路都講緊嗰度囉，壽臣山呀。

杜林　你黐咗線咩？我上壽臣山？

老姜　去探朋友吖嗎。

杜林　我唔識得住壽臣山噴「古龍」水嘅朋友。

老姜　咁唔奇吖。（杜林氣沖沖瞪住他，轉向瑪利）

杜林　事實上係點呢，佢想喺啲隔籬鄰舍面前威吓之嗎……

老姜　都幾襟行㗎上到去嗌晒氣。

杜林　……仲預咗我做佢唔使出糧嘅柴可夫。

老姜　我都諗緊揸車。

杜林　「你」？

老姜　想揸架日產。

瑪利　（微笑）你唔使理佢㗎。

老姜　到我揸到返嚟門口你就唔笑嘞。（向杜林）我見緊份經紀嘅工，公司出埋車。

瑪利　（向杜林眨眼）你實見得成嘅。

老姜　你睇住㗎啦。

瑪利　以你咁嘅年紀。

老姜　我嘅年紀先至係皇牌，啲波士知道有白頭髮嘅先至信得過，定定條條做足一日工夫，唔係沙沙滾嘅。我又識得晒啲貨係點。我之前咪做咗半年行街，幫「笨得死」賣廚具？

杜林　係咩？幾時呀？

瑪利　佢賣過批薯仔刨就有。

老姜　好使好用呀嗰隻刨。

杜林　你逐間屋拍門咁兜售好似《推銷員之死》個主角咁。

老姜　我行街，我抵得諗肯博。你好識捉字蝨，我成唔成功呢？嗰一單係我自己玩死自己。我本應係冠軍行街㗎，誰不知我賣到成條屋邨都買晒，再有客剩低可以賣俾佢咯，荳荳都買咗個。

杜林　我知，爛鬼咗嘅。

老姜　佢攞倒意外賠償嗰陣，我哋大可以買車㗎，之不過佢想執靚間屋之嗎。我同佢講：「係你俾架車撞低，啲錢應份俾你去使。」

瑪利　佢係咁講，係真㗎。

老姜　「你鍾意買乜就買乜啦，去幫襯鴨店都得㗎。」

瑪利　佢都有咁講。

老姜　我即係話，講公道囉，佢俾車撞到咁傷，咁我咪話：「得，執靚間屋啦，我斗零都唔使。」

杜林　令我好感動嗱。

瑪利　佢份人唔算差。

杜林　我真係要老實講句，你比我想像中好，我睇錯你。

老姜　唏，收哮啦。

杜林　唔係呀，我係愛心唔夠囉。

老姜　嗰晚我好記得㗎，我仲估佢死鬼咗。

杜林　你目擊單意外發生？

老姜　直頭目擊囉！

瑪利　都事過情遷啦。

老姜　我真係睇住嗱。

瑪利　講夠喇。

老姜　（誠懇地）你估係邊個撞低佢呀？

杜林　邊個呀？

老姜　你唔知？

瑪利　（不安）杜屎佢唔──

老姜　講出嚟俾你笑吓，我家姐咪住响華富邨嘅，山腳下低 —— 佢尾二個仔結婚，咁我哋要去飲囉。我就同呢位師奶講：「我哋去得夠派頭啲，一係就唔去啫。」咁我咪借咗鄧光祖架錢七囉，Mini仔嚟嘅，幫佢入滿油，當交車租囉。嗱，我哋開心過咗成日啦，聖堂婚禮彌撒，酒樓影相，飲大咗幾支，個故仔到咗收尾，返到入村啦，冇穿冇爛嘅。掂，咁我咪泊喺鄧光祖樓下，我女人落車去搬開個雪糕筒，等我後波泊入個車位。

瑪利　我行咗去車尾 ——

老姜　你留俾我講好唔好。

瑪利　唔係佢嘅錯。（杜林不動，等住老姜講完）

老姜　個極瀡子好蝕咯，我隻腳跣咗落嚟，嗱咁架車就跑馬仔咁向後一跳，跟住至知夾住佢落埲牆度。

瑪利　鄧光祖大早唔應該借車佢揸。

老姜　天主保佑佢死唔去。

杜林　係，真係 ——

老姜　不過聖人都會遇上啲咁嘢。

杜林　實係啦，如果個聖人咁嗱又飲大咗醉駕。

老姜　嗱，你……

瑪利　阿樂唔係 ——

杜林　你撞到個女人終身殘廢，然之後你仲夠膽，夠厚面皮懶威咁話你任得佢點使筆佢自己嘅錢，咁大方。

瑪利　你又唔在場，你都唔知成件事係點嘅。

杜林　我淨係知咁多，如果佢去飲喜酒而仲未醉嘅，你買六合彩實中咯嗰一次。（向老姜）我識咗你咁耐，你一路都係佢嘅負累，冇腰骨，懶懶閒又冇料，一個大食懶，要你鳥低身執份失業救濟金你就當係苦

工。我以為你令佢精神上傷殘你已經夠皮㗎啦，好明顯唔夠啦。你仲要傷埋佢肉體喺，唔怪得你個仔離開家庭啦。(稍停，老姜瞪住杜林，然後，那一刻過去了，他笑出來，搖頭)

老姜　哈，杜屎，你真係好鬼得意又長氣。(向瑪利)我入去洗吓手。

瑪利　你冇事吖嗎？

老姜　冇，我自細嚇大嘅。(下)

杜林　你睇？佢冇答到我。

瑪利　對唔住，我想你扯。

杜林　你唔開心，我估實係啦。

瑪利　你一啲都冇變到，永遠都冇得變，我以為你會變係我蠢啫。

杜林　你意思係話，係我激嬲你？

瑪利　我仲要煮餐飯㗎。

杜林　就因為我講出事實？

瑪利　(大怒)你同你啲爛鬼事實，我直程作嘔呀，唔該你帶返屋企自己慢慢嘆啦，淋落你煲炆牛腩度啦，帶埋上床暖你對腳啦。

杜林　你老咗仲係咁大火氣。(她背向他等他離去)好，我避開你一兩日先啦。

瑪利　我唔想你再嚟呢間屋度。

杜林　講笑咩。(笑容消失，體會到她說真的)唔係講笑㗎。(受辱地)隨便你啦。(穿上乾濕褸，等住她會否流露回心轉意，她一臉繃緊是怒意)你都知咁係一時意氣啫。

瑪利　我唔俾人咁話阿樂，係你又好邊個都好。

杜林　講啲呢條村識性嘅居民係人都知嘅事實，我睇唔出犯咗乜嘢罪，佢係個軟弱無能不負責任嘅人，都唔係乜嘢國家機密啦。

瑪利　（疲倦地）你扯啦。

杜林　我真係唔明你。（走到門口，停下）會唔會唔同晒呢如果 ——

瑪利　唔會。

杜林　……如果我話你知 ——

瑪利　我話唔會呀。

杜林　我唔會多謝你㗎，你迫到我咁咋，如果你以後唔俾我上門，要係你良心不安，唔係我。我一啲都唔會多謝你，莫厚彬話我剩返唔夠六個月命，依家我扯得啦？

燈慢慢暗，似乎對位和聲地，可聞音樂：*All I Have to Do is Dream*，Everly Brothers 版本。廚房燈亮，阿樂在放唱片於唱機，道士在桌旁明顯不歡迎他在場。

阿樂　最新嘅 hi-fi 喘晒播呢挺歌可？

道士　乜話？

阿樂　Hi-fi-fi，播「尖、尖、尖」，咁囉。

道士　我唔知你識咁多英文喎。

阿樂　係呀，拍得住劉家……良？……傑！

阿咩上，穿好衣服預備出外。

阿咩　邊個開大嗰架嘢？

道士　（純潔地）唔係我。

阿咩　（熄機）姜阿樂，你知今日乜嘢日子呀？若果阿爸阿媽撞入嚟煎咗我浸皮都有之呀。

阿樂　乜嘢呀？

阿咩　你學吓道士咁得唔得？坐定一陣等我着衫之嘛，正搞屎棍。（她步出下）

阿樂　聖週瞻禮五真係煩。

道士　係咩？

阿樂　又唔准聽歌，聽日仲弊，耶穌苦難日。

道士　係咩？

阿樂　係呀，瞻禮五係星期四，聽日咪星期五苦難日囉。

道士　我問係仲弊啲咩？

阿樂　好特別㗎，苦難日，整到你起雞皮㗎。我問班友仔呢，就落去銅鑼灣釣魚，即係避開吓到完晒為止。唔阻住人哋哀悼耶穌囉。你有冇留意倒，响苦難日講句粗口都聽落唔老例㗎？

道士　咁神奇。

阿樂　真㗎，唔信你試吓吖。

道士　要咯。

阿樂　你唔去「趴地」可？（道士搖頭）要去咯，跳吓舞好開心㗎，我最鍾意跳慢三步，你知啦，放慢歌就淨係着晒紅色暗燈，好似睇影畫戲啲集中營有人走監嗰陣咁，上個禮拜日，我去中環間 Date Line（他讀成day拉），放隻「清蒸啪嫲」，我攬實個小肉彈，好勁嘅騎樓。

道士　係啊可。

阿樂　係姑娘嚟嘅——看護呀，唔係修女。佢唔使我送返屋企，事關佢踩架綿羊仔，但係佢約定我復活星期一再見，咪話俾阿咩知吓。

道士　咩……Mary、瑪利？點解呀？

阿樂　咪累我扣分囉。（道士敵意地看着他）我又冇人咁醒，冇咁出名，冇咁叻揸筆——

道士　喺你袋度。

阿樂　邊度話？

道士　嗰支咪筆囉？

阿樂　係呀。

道士　我都估係囉，你响邊度執倒㗎？

阿樂　唔係執㗎，係我㗎。

道士　你嘅？（做個解開了謎團表情）呀，明嘞，你愛嚟畫公仔嘅，可？

阿樂　唔係，係愛嚟──（明白了是被侮辱，不為已甚）呀，好嘢，兜咁大
　　　個圈嚟窒我。我係倒吊冇滴墨水，道士，我冇扮過係嘟。（掏出袋
　　　中筆）你知唔知我袋支筆做乜吖？我老表墨斗釣魚嗰陣，我幫佢寫
　　　低釣倒幾多條，就係咁用，仲有睇馬經剔住啲心水馬，連聖誕咭都
　　　未寫過半張啦。（仍樂天地）不過如果我寫倒，至少我有好朋友值得
　　　寄聖誕咭俾佢嘅。

阿咩復上，穿上外衣。

阿咩　我係咪等埋佢哋返嚟先好呢？

阿樂　佢哋幾點鐘出去㗎？

阿咩　八點。

阿樂　總共去七間聖堂探訪，有排啦。（遞筆給她）嗱，寫張字條留低俾佢
　　　哋囉。

她從桌上練習簿撕下一頁。

阿咩　道士話佢要返屋企喎。

阿樂　（大喜）你唔嚟得採腳呀？可惜。

道士　我唔使返去。(阿樂做手勢叫他走，道士故意不理)好主意吖，吸吓新鮮空氣。(向阿樂，詐作不見他手勢)係啊可？

阿咩　(寫着)「去⋯⋯了⋯⋯散⋯⋯步。」

道士　「步」字右便有一點㗎。

阿咩　掂，精簡，咁我哋去邊呀？

道士　(取笑阿樂)天呀，咁你都使問？去「趴地」囉。

阿咩　正吖，去邊間⋯⋯翠谷夜總會？唔好，去夏慧至夠有型，我着咗大樓嗎。

阿樂　去咪去。

阿咩　乜話？

阿樂　開「趴地」囉，你唔好量我。(把唱機關上蓋提起走向門口)行啦⋯⋯我打碟，等我威返次你睇。

阿咩　你咪咁細路 ──(他已步出門，經過客廳 ── 杜林與瑪利所在，現時燈亮起)阿樂，你咪攞個唱機出屋呀，係阿媽愛㗎聽粵曲㗎⋯⋯佢實溶咗我㗎。

阿樂　(回頭嚷)公園涼亭見。

阿咩　咪啦，攞返嚟呀樂！(她追他下，道士取起上衣，一時未知她已走了)

道士　我話咗佢係街邊流氓㗎啦，你又自作聰明，依家你咪 ──(他追出去，同時，涼亭樂隊台亮起，阿樂在擺好唱機，從唱機蓋儲藏套取出一張唱片預備放上唱盤)

杜林　禮拜日一早聽倒咁嘅好消息。

瑪利　我估你喺度博同情。

杜林　我有咩？

瑪利　莫醫生冇講過咁嘅嘢你聽。

杜林　佢梗係而衣哦哦啦，我叫佢即管嘥佢自己嘅時間冇所謂，不過唔好嘥我啲，我唔使佢搵說話做嘉應子幫啲苦藥送口。

瑪利　（堅持）佢唔會咁樣直講出嚟嘅。

杜林　我同佢講：「嘩，老朋友，我今朝去咗聖堂，之但係你再講多一句、一個字咁多模棱兩可嘅，我毫不猶疑犯一條要落地獄嘅大罪嚟送你上天堂。」佢咪轉口風囉。（失笑）

瑪利　上主保佑你咯。

杜林　吓？

瑪利　你笑乜嘢？

杜林　（略迷惘的一個小手勢）我估笑我笑得出啩。

瑪利　摸上門嚟嚇人一餐，我半句都唔信。

杜林　你會喫嘞。

瑪利　我知清楚晒你，你係吹水王。

杜林　我估係催命閻王似啲。（她怒視他）個……唉，專科醫生建議做啲佢叫做試驗性手術喎。

瑪利　咁做囉！

杜林　佢就想咯，我做咗咁多年公務員，即刻認得出係海關本性，我唔係個旅行篋，俾人打開嚟搜嘅。

瑪利　如果醫得好你──

杜林　我唔俾莫厚彬帶我遊花園，就迫倒佢講出嚟，我個瘤喺呢度（摸腹），係末期，呢味嘢都有得計邊期，我等住去參觀天堂期貨市場。

在涼亭，阿樂持咪扮司儀 DJ。

阿樂　現在呢，各位嘉賓，大抽獎之前最後一隻舞，係(唱)**飛哥跌落坑渠**。

杜林　遲啲就自食其果㗎嘞飲咁多，不過真係想整多杯……(指空杯，似乎怕失去冷靜。瑪利去取酒時，阿咩與道士到了涼亭，阿樂開始播 *Three Coins in the Fountain*，只有街燈照明，是四月初晚上，阿咩、道士均穿禦寒上衣，阿樂單衣便服)

阿樂　(向阿咩)嗱，依家係咪成個「趴地」咁呀？嚟啦。

阿咩　熄機啦。

阿樂　(向道士)嗱，呢啲歌至冧倒女仔㗎。我教過你㗎啦，記得冇？

道士　唔記得。

阿樂　你記得，冧女 ——

阿咩　依家係聖週呀，你想我哋趕去露德聖母堂區咩？

阿樂　邊個聽倒啫？佢哋入晒去聖堂。(他獨舞)要唸咁多篇聖母經。唏……(道士往熄機)咪逗呀，架機又唔係你嘅。

道士　唔通係你嘅？(放對的一刻，道士在阿樂與唱機之間，阿樂太好人，不會鬥)

阿樂　咪咁掃興啦。

阿咩　咪再嘈嘞，唔係我返屋企㗎，你個傻佬，想搞到我哋個名臭晒咩。

阿樂　你哋就有事囉，你哋有褸，唔跳吓舞我凍到變雪條㗎。(阿咩坐在涼亭石階，道士快快坐她身旁。阿樂呵暖雙手下來坐阿咩另一旁)你兩個有啲同情心，坐過啲啦。(阿咩移動，令道士亦要移到石階最邊。阿樂燃香煙)

在客廳中，瑪利倒酒給杜林，他夠就止住她。

瑪利　佢唔應該話俾你知。

杜林　莫厚彬？

瑪利　佢冇權咁做囉。

杜林　（帶點滿足感）我嘅睇法係佢知我受得住，不過噂，千祈咪俾荳荳知道呀。

瑪利　呀，但係事到如今……（他以指放唇上）佢實要知㗎。

杜林　未得住。

瑪利　佢有權知。

杜林　我早幾日作咗個故仔，以防萬一啫，話佢知我係十二指腸潰瘍。

瑪利　杜屎呀，點解啫？

杜林　但求心之所安囉。

瑪利　你真係好人。

杜林　唔係等「佢」安心嘛，咪搞錯，係我心安。

瑪利　（明白地）明解。

杜林　我好識講故仔，仲作埋一段同莫厚彬過招嘅，講到我點鬧醒佢，咁至可信性高吖嗎。我應份去做編劇。

瑪利　我知佢就唔知，咁唔啱嘅。

杜林　你迫到我講啫，總言之，你係個好不尋常嘅女人，你有腦。荳荳一味緊張大師同埋無知愚蠢，揾佢送終死得好辛苦㗎，你想像得倒㗎啦？佢一日痴車咁轉來回藥房同聖堂。返到屋企，就擺晒一屋藥好似天鵝牌水晶咁做擺設。先先整一堆厚身咕呃，跟住就軟綿綿枕頭，猛塞飽我，係用同情溝保衞爾牛肉茶。佢逐個鐘頭報時咁話我知我睇喺好咗幾多。佢周屋行都趯高腳好似攝青鬼咁攝到我頭都痛晒為止。佢會用體貼浸到我溶溶爛爛好似回南天濕到偶（去聲）爛為止。

瑪利　你淨識講，正一身在福中不知福——（她停住，記起）

杜林　我唔知。

瑪利　佢一條心錫住你。

杜林　係略！

瑪利　你係佢嘅一切，係佢嘅歸宿。

杜林　我冇懷疑佢對我好，但係我唔肯任人同情，除非迫不得已嗰陣啦。

瑪利　你唔值得有咁好老婆。

杜林　嗰次我肺炎呢，佢講笑當係傷風咁，又滿面笑容又講嘢陰聲細氣溫馨到爆，但係啲眼神就係個細路面對世界末日咁慘，我唔想再嚟多次。

瑪利　（了解這心情）我明白。

杜林　你而家明白我點解唔想去加拿大啦。我唔敢去呀，你知我對語言文學幾咁熱愛㗎啦，我自己創一句新精句幾有快感呀，唔係成語老生常談。之但係依家我就淪落到借用一句嚟話嗰筲地方「係打死我都唔肯响嗰度」嘅。（他打個肉麻冷顫，瑪利望住他不知說甚麼好）到咁上下，我睇怕終歸荳荳要召阿詩麗由多倫多返嚟，召阿弦麗由新界出嚟。到嗰陣我攤㗎度任人擺佈咯──（說不下去）唔好咁啦⋯⋯求吓你。

瑪利　乜嘢啫？

杜林　你呢個神情就係我唔想响荳荳塊面見倒個囉。

瑪利　我戥你可惜啫。

杜林　你好心噷。

瑪利　我承受唔倒。

杜林　我同意，係「生命中不能承受的重」。

瑪利　（振作）嘥，我唔理莫厚彬講乜嘢，亦都唔理你講乜嘢。你就擰面埋牆認命咋，我唔制㗎。

杜林　（一笑）咁你又會點做吖？祈禱？

瑪利　你即管笑我囉，冇人理你啦。我有張「向聖猶達求救助嚴重患難者」經文。

杜林　呀，係：絕望者嘅救星。「無望者之主保」。

瑪利　佢可以求倒奇蹟㗎。

杜林　你向佢祈禱囉，我阻唔倒你啦。幾咁出奇，我做咗政府公務員四十年，今次我係頭一次濫用職權搵着數。

瑪利　你個獨家村。

杜林　我哋部門呢，有人退休就夾份送份紀念品嘅，傳個信封隨緣樂助，送一套擺設呀茶具呀咁。到八月就輪到我，我好懷疑我使唔使佢哋吟荷包。我一向對下屬做埋啲好出位嘅嘢，例如監佢哋坐定定真係做一日工夫咁。不過係乜都好，即使送支斑馬牌原子筆咁㫒嘅，我都一於受咗佢。

瑪利　咁大貪？

杜林　佢哋走唔甩㗎，我揸得到嗰陣㗎。（望向房間）我哋入便位老友記……

瑪利　你話阿樂？

杜林　佢出唔出返嚟㗎？

瑪利　你咁話佢，佢上心㗎。你以為唔會咋，佢真係上心㗎，我了解佢。

杜林　（遊了埠）你當然了解佢啦。

瑪利　我好唔好同佢講你番說話係冇心嘅？

杜林　瑪利……

瑪利　呀，我一於咁講。

杜林　（他聲音中有種強烈情感使他停住）我要知道我值幾多。負數定正數，你欠我一個報數。個戶口要取消咗佢，好，我要求核數。一係就咁俾晒啲數字我，我自己識加減，我可以自己埋條數。一個人有權知嘅，如果佢唔係負資產，話佢知。（他發覺瑪利不明白他所指，更平和地）

我依家有個最威水嘅銜頭：紀錄保管員。我啲敵人變到好狡猾，要有一種難得一見嘅土產古惑，至可以同一筆寫得出又讚又踩。我係太多人嘅眼中釘，芒刺於背。到如今我自己有一間房俾咗我用，我可以挑戰四埲牆同埋侮辱啲蛛網塵封。喺呢間保險庫裡便有好多檔案快勞，多到數都數到你老為止。每一個快勞有一個人名，一個號碼，如果我係天主，向佢哋呼一口氣，佢哋就變得有生命嘞。我似乎可以睇倒晒每一個人本快勞，除咗我自己嗰本。（她一直傾聽和望住他，是在感覺多於了解）好，你可以話佢知我係無心之言，跟住我真係要扯嘞，仲千祈咪俾荳荳知。

荳其　你即管扮有咁天真得咁天真，呃唔倒我。（瑪利走出客廳，在涼亭演區，荳其出現了，穿上織毛衣襯圍巾，手拿兩本圖書館借來的書）你指黑為白都好，我明明冇聽錯嘅。

阿咩　（向阿樂）嗱，我有冇話錯呢？我老參知道咗實做瓜我咯。

荳其　乜事啫？

阿咩　我屋企個唱機囉，佢順手牽牛拎咗嚟。

道士　「順手牽羊」呀。

阿咩　你識唔識道士呀？杜仕林，同埋阿樂……姜自樂。

阿樂　哈佬。

阿咩　佢係我朋友：藍荳其。

道士　幸會。（荳其羞甚，一直避開他視線）

荳其　（上氣不接下氣，頭一個字鼻音）哈佬，唔係呀，真係㗎，嚇我一驚呀，夜媽媽黑me蚊聖週瞻禮五聽到啲音樂，我以為耶穌山園祈禱啲聖歌，嚇到我爭啲斷氣呀，我聽住就咁同自己講：呢首之唔係《飛哥跌落坑渠》，我係話 *Three Coins in the Fountain*，咁古老嘅。（她尖聲咭咭笑，以笑結句。道士木然看着她）

阿咩　你唔會學我哋是非吖嗎？

荳其　我為乜事要學你哋是非啫？

阿咩　因為——

阿樂　冇有怕，嗱，坐埋嚟啦，道士喺度做緊電燈膽。

阿咩　係囉，一齊坐啦。

荳其　我話去圖書館借完書就即刻返歸⋯⋯

阿樂　使乜咁滾水淥腳啫？道士，好人吖，俾啲風度人睇吓。

荳其　（望道士）若果我阻住⋯⋯（阿咩推一推道士，他老大不願地讓座）

阿咩　冇阻。坐一陣啦⋯⋯（她拍拍空位）

荳其　（向道士）唔該晒。

阿樂　正晒，啱啱好兩啤。

荳其　我唔坐得耐㗎。

阿咩　（向道士）荳荳返堅道聖心㗎。

道士　乜斗話？哦？

阿咩　佢好鬼有腦好醒㗎⋯⋯可？我哋中學同班嗰陣佢考第一㗎。

荳其　咪作故仔啦。

阿咩　你係嘛。

荳其　我考第二咋。

阿咩　嗶！一樣啫。

阿樂　哈，唔使審，有啲人好登對咯，可？

道士　（怨毒地）有啲人就好唔襯囉。

阿樂　你哋都係「棺材生」囉。

阿咩　道士住响隔籬巷尾，大家街坊你實見過撞過啦。

荳其　（說謊）唔多覺眼。

阿咩　同你住咁近，實有啦。

道士　(忽然友善)佢點會覺得嘞？我知道荳其佢行喺街度唔會打雀咁眼望實人哋嘅，你返堅道聖心係嗎？

荳其　係。

道士　讀英文？(她想站起，阿咩拉拉她手)

阿咪　咪亂估啦，荳荳佢讀……乜鬼嘢話？

荳其　係商科。

阿樂　喂，講個笑話你聽。有條友仔同條女，佢哋去到啟德度，你知啦，係飛機場嘜嘅條女 ——

阿咩　(指荳其)咪亂噏嘢吓。

阿樂　冇，冇味嘅，冇呃你。佢哋去到機場，睇住隻飛機降落 ——

荳其　(向道士)話你知啦，係打字、速記、簿記加埋高考英文。

阿樂　妖，聽埋先啦。

阿咩　咪爆粗呀。

阿樂　Sorry囉，佢哋睇住打飛機 ——

阿咩　阿樂！

阿樂　佢哋睇住隻……大飛機一路越落越低，咁個hi……個女仔就問條友仔：「呢隻係紅飛機可？」條友仔就話：「飛機邊有分公乸啫，佢伸定個後轆出嚟之嗎。」(一陣靜默，然後阿咩啐一聲打阿樂一拳，她別過臉令荳其看不見她在笑)

道士　哎吔。

阿樂　好嘢啩？

道士　俾街童聽呢我估都算 ——

荳其　對唔住。(向阿樂)跟住點呀？

53

阿樂　吓？

荳其　伸咗個轆出嚟之後又點呀？

阿樂　你聽唔明囉，條友仔……以為條女仔當個後轆係——（恐慌中，為了分散注意，道士一手搶荳其的書）

道士　睇落幾有趣味嘛，乜嚟㗎？

荳其　嘩，咁都有嘅。

阿樂　……以為條女當係——（阿咩以手掩他嘴）

荳其　咁好禮貌嘅。

道士　呢本嘥時間啦，垃圾；呢本就唔錯，你會鍾意嘅。

荳其　（冷然）多謝指教囉。

道士　不過唔係佢最好嘅作品，你有冇睇過《再別康橋》吖？

阿咩　（突然）杜藍荳其。

道士　乜話？

阿咩　我正話醒起，荳荳成日咁玩嘅。

荳其　阿咩呀，咪穿我煲啦。

阿咩　我哋同學嗰陣呢，真㗎，佢一識親邊個男仔呢，唔理張三李四，佢就擺男仔個姓響前便。

荳其　咪啦，好衰㗎你。

阿咩　睇吓好唔好聽喎。

荳其　講笑㗎咋。

阿咩　好似人哋夾年生咁。

荳其　邊係呢。

阿咩　杜藍荳其，嘩，好 kell lell 呀，哽！

荳其尷尬垂目，道士高傲不笑，阿樂百無聊賴走上台。

阿樂　（笑着向道士）你定數難逃咯。

荳其　（仍垂頭，小聲）唔好講啦。

阿樂　晞……（各人旋頭望他，他唱起來，同時以手指揮，唱《飛哥跌落坑渠》）飛哥跌落坑渠，荳荳睇見流淚，猛咁嗅臭屁攻鼻，荳荳夾硬扶住佢……

阿咩加入，以手勢叫他低聲。杜林在客廳回頭一望，似乎懷疑被人取笑，過一會兒荳其也加入唱，不用聽不文笑話了。最後杜林以手指打拍子和哼起調子來。

阿咩　……再見吧，杜藍荳其！送你出嫁正合時……飛哥跌落坑渠……哈哈哈……（阿咩大笑，擁抱荳其，她怕羞，杜林及道士不悅地望阿咩，阿咩的笑聲漸逝，疊住老姜及瑪利後上）我玩死你未。

瑪利　（指杜林）佢喺度囉。

老姜　杜屎，你走嗱？好聲行咯噃。

杜林　我正話對你咁冇禮，係我唔着。

老姜　乜嘢冇禮呀？幾時呀？

杜林　嘩，我所講嘅我真係咁意思，不過呢度係你屋企，我喧賓奪主太失禮。

老姜　你同我仲有乜好計啫，冇乜失禮。

杜林　我侮辱咗你。

老姜　冇。

杜林　你傻嘅咩？我都話我有咯。

瑪利　嘩，杜屎。

55

杜林　而且我唔應該提到個細路。

老姜　邊個話？

杜林　你個仔，崇安呀。

老姜　（木然）你冇提到佢。（杜林氣結）

瑪利　好喇夠喇。過一陣杜屎帶埋荳荳再嚟坐吓啦。（向杜林）一於咁話。

老姜　咁仲使講嘅咩？

杜林　好，一言為定。

老姜　又試聚埋好似一枱麻雀友咁可？係呀杜屎，你知我想同你講乜呀？呢條村⋯⋯我哋以前幾多猛人喺呢度出身，依家走晒咯，剩返我仲踎響呢區，喺返就近。你同我係舊村民囉，太古樓都變咗薄扶林花園咯。陳志明就做咗副主教，以前你老爹就響聖華教書⋯⋯

瑪利　你放佢返歸食飯好唔好？

老姜　⋯⋯仲有，仲有莫厚彬做咗醫生，仲有左翩冬嗰陣我哋話佢實係左仔派嚟做卧底。（他老友地一手搭杜林肩，臉湊近）我同你，幾十年老友記。呢條村趕唔倒我哋走嘅。

杜林　（脫身）風大雨大走去邊喎？（穿上乾濕褸，向瑪利）荳荳嗰筆。我都讚佢呢樣，佢好念舊。我哋咁耐冇偈傾，係我同你，唔關佢份。所以佢冇嚟探你呢——

老姜　（好笑地）佢冇嚟探我哋？

瑪利　（警告）收口啦。

杜林　⋯⋯係我嘅主意，唔關佢事。你唔好怪佢。

瑪利　怪荳荳？你都傻嘅。（送他到門口）

杜林　你仲記唔記得有次，你又想報名讀返書？

瑪利　係「你」想我報名讀書。

杜林　我試圖教識你一首詩。

瑪利　咁我實學識咗啦！

杜林　「盛年不重來，一日難再晨。及時當勉勵，歲月不待人。」記得嗎？陶淵明《雜詩》。

瑪利　記得又點呀？

杜林　「家為逆旅舍，我如當去客。」(温柔地)唔係幾好嘅旅舍咋，瑪利，行到近距離睇真啲，係間地痞客棧嚟㗎。(出門，如可能應留下可見他，總之不是「下」)

在涼亭台上，阿樂檢視唱機內所藏其他唱片，偷偷放上一張。

道士立着，仍在看書。阿咩、荳其坐着。

杜林可見步到亭後。

老姜　(取起報紙)好淒涼咯老杜屎。

荳其　(向道士)我係有喺村裡便見過你。

道士　乜話？

老姜　我一向都好睇重佢。

荳其　瑪利知我見過你，我識你個名，知你住喺邊，又知你係打政府工。

道士　(沒興趣)當真。

荳其　我唔知點解我要詐諦唔知，因為我一路都聽教話要老實嘅，所以我講咗大話好對唔住囉，唔該俾返啲書我我要返屋企。

阿咩　坐陣先啦。

荳其　唔得阿咩，我今晚對住全人類已經夠晒失望咯我估，唔該你啦……
　　　(伸手索書，道士正要還書，唱機響起，是 *Rock Around the Clock*)

阿咩　姜自樂你個衰仔，熄咗佢呀。

阿樂　你去熄啦。

阿咩　你睇住㗎。（她步上台，阿樂擋住去路，抓住她迫她跳舞）你個災瘟，唔該你⋯⋯好心你放手啦，阿樂，你累死我㗎。

阿樂　我知吖，不過跳返隻舞先囉。

道士　姓姜嘅，你好停手喇。（阿咩屈服，與阿樂跳牛仔舞或阿高高，他受了鼓舞，抱緊她，道士嫉妒地看）

阿樂　咁至夠fit嘛。

阿咩　我實浸豬籠咯。

阿樂　喂，阿痰罐，呢個趴地正啤？

道士　阿樂！（他衝向唱機）

阿咩　（笑着）㗎，俾人睇見呢就⋯⋯（道士熄了唱機。杜林可見在台的遠處）

阿樂　喂，開返佢啦。

道士　叫咗你停㗎啦。

阿樂　咪咁掃興啦，開心吓，同荳荳跳返隻舞，嚟啦。（踏前一步）

道士　我警告你吓。（取起唱盤上唱片）

阿樂　你警告我又點。

道士　我講真㗎。

阿樂　嘩，咪咁神柏貓屎非洲和尚——

道士刻意打破唱片，阿咩慘叫，道士呆了一呆，阿樂步前，道士想抓其他唱片，阿樂抓住他，輕易推他一旁。

道士　你個坑渠老鼠。（他衝向阿樂，阿樂不費力止住他，道士伸拳，總打不到他）

阿樂　定啲嚟吓。整乜鬼咁 ——

道士　（盛怒）死爛仔……你咪掂佢吓……你個流氓，你個賊仔，我殺咗你
　　　喫。

阿樂笑，太易制服他了，道士幾乎哭出來。

荳萁　阿咩，叫佢哋停手啦。

阿咩　係，道士……阿樂，你哋停手好唔好。

**杜林進涼亭，他插在二人中間令阿樂道士分開，他望着他們，眼神充滿自
己的痛苦及憤怒。**

杜林　你班嘢一個二個去死啦。

他大步下，眾人瞪住他。

幕下

第二幕

道士獨在亭中台上，翻閱一下筆記然後收起，正如杜林在第一幕開頭。作為演辯家他缺乏自信，這只是排練，但他聲音因緊張而震顫。

道士　最後結論。我哋香港土生土長嘅中國人，正面向……係面臨……一連串重大嘅歷史性巨變。經歷過六七暴動，繼續眼見大陸上便文革仍然如火如荼，天主教會仍然飽受迫害 ——（自語）你衝得太快：停一停，唞吓氣。喺香港，徐永祥等人繼續進行爭取中文成為法定語言……頂，法定語文運動……（幾乎呻吟）停低等人拍手呀咪衝咁急……中華人民共和國就成功發展乒乓外交，推動中美……係推動乒乓外交、發展中美關係，成功取代台北國民政府成為聯合國兼安全理事會有否決權成員……反方講過……（低聲）天主保佑佢哋有咁講！……「九七新界租借期臨近，我哋要及早同一切英國嘅殖民管治一刀兩斷。」（荳萁在其身後上，他不知）主席先生，我唔明白啲記仇嘅人，佢哋成日嬲咗一村人咁，記住晒陳年舊怨舊恨。如果佢哋天生係咁嘅，恕在下就唔係。我就話我哋應該保留一切舊日嘅好東西，帶住佢邁進新時代，邁進 —— 如果在座有入戲院睇過胡金銓嘅《俠女》呢部電影就明我意思 —— 一個以和平消除仇恨嘅禪嘅新時代，而麥理浩就係喬宏所演嘅高僧。

他笑出來，自傲於幽默感。

荳萁　佢哋實噓（音靴）你啫。

道士　（尷尬）係你。我喺度 ——

荳萁　……練習吖嗎。我聽倒。

道士　係為咗 ——

荳其　……辯論大會，喺 U Hall。我知。

道士　（不悅）唔好意思，你住喺呢度㗎？

荳其　吓？

道士　我係話「呢度」，側邊呢埋矮樹度定係嗰邊嘴石後便可。（她瞪住他）乜都聽晒知晒。

荳其　講真吖，你咁年紀嘅後生男仔之中，你都算最老氣橫秋夾惡相與咯。

道士　（不經意）好話。

荳其　話你知啦，我之所以嚟呢度嘅原因 —— 對唔住仲要講句自言自語係神經病初起嘅病徵 —— 我係嚟話你知阿咩唔同得你去。

道士　你係話去辯論大會？

荳其　佢叫你唔好等佢同埋祝你成功喎。

道士　點解？佢明明 ——

他停住，同時杜林與荳荳上，他們走向客廳演區。杜林注意到道士和荳其，他們等到杜林、荳荳走過了才繼續。

荳荳　（跟不上，氣喘）佢使咗成擔銅嚟裝修間屋，使晒佢成筆意外賠償。佢有冇帶你睇佢個廚房呀？廚櫃呀新洗衣機呀仲有 ——

杜林突然停步，她幾乎撞車。

杜林　你點知㗎？

荳荳　乜話？（緊張一笑）我聽人講嘅。（杜林續行，讓她先走）

道士　佢為乜唔去得？

荳其　乜話？

61

道士　唔陪得我去呀。

荳其　(與荳荳一樣的緊張小動作)牙痛喎。

道士　幾時起㗎?

荳其　(加枝添葉)我估係蛀咗個窿。佢試過搽紅花油,依家佢阿爸帶咗佢去阿郭度。

道士　邊個話?

荳其　牙醫呀,去掹咗佢。

道士　(失望)但係我想佢⋯⋯(不說完句子、不肯在她面前表現受傷)

荳其　佢幫我脫過牙㗎。呢?(拉下一邊口角)

道士　吹漲。

荳其　(另一手指示)嗱?

道士　見倒喇。

荳其　佢阿爸捉佢去嘅,我知佢一百個情願去聽你辯論好過去受難啦。(他望住她,看似懷疑她在嘲諷,她一臉天真)真㗎,佢激到一頭煙,我係話,實係啦,佢同我講:「佢去大學堂度,寸土必爭死守住自己嘅立場,同班大學教授學者呀咁舌戰。成村人去晒睇係差我一個冇得睇。」

道士　佢都冇乜損失啫。

荳其　你鋪話法吖!總言之佢話祝你成功。

道士　我係第一次咋,你知嗎。

荳其　去啦,講完今次你就唔識我哋咯。

道士　好威可。

荳其　話唔定㗎,等到聽日睇報紙啦,你一登龍門聲價十倍囉。你知我阿爸點講嗎?「杜仕林個後生仔?⋯⋯哦,佢係天生嘅才子吖嗎。」

道士　係,啲阿爸好鍾意我嘅。

荳萁　今次勝出你就前途無限量咯。阿咩就慘恨到死囉，你睇住嚟啦。
（他望住她）我係話，你贏咗佢仲恨死啲噃。

道士　係咪大話嚟㗎？

荳萁　乜話？

道士　話牙痛呀。

荳萁　唔係！

道士　因為──

荳萁　唔好意思，我唔慣講大話──

道士　因為佢若果揀去啲冇咁悶嘅場合……我係話佢冇自由嘞，佢冇需要
搵藉口啫。我又唔係佢嘅監護人，上天保佑唔係。（不能不問）我估
佢同咗佢出去。

荳萁　邊個呀？

道士　仲有「邊個」！

荳萁　你話阿樂？你搞錯喇。

道士　我好肯定係。

荳萁　哈，總之你搞錯咗，因為阿樂係去辯論大會。

道士　（大驚）佢乜話？

荳萁　帶埋成隊村民，去同你打氣。

道士　天主呀。

荳萁　佢幾有心可？係咪你錯呢。

道士　幾點鐘呀？（他掏出講稿，坐在石級痛苦地在發台瘟之中苦練）

荳萁　我諗我都去。（他在記誦，閉目，唇動）如果你唔介意嘅。

道士　（向荳萁）當然歡迎你啦。

杜林、荳荳在客廳現身，由瑪利引進。這是典型星期日傍晚聚會，茶點放在茶几上。在亭中，荳其在徘徊，看着道士。

荳荳　　阿樂，近排點呀？

老姜　　越嚟越後生囉，同你一樣。之不過你同我哋冇來往咁耐我爭啲唔認得你咯，返老還童可？(打個眼色，太着跡)

荳荳　　(緊張地)依家咪見返囉。

瑪利　　(警告)你去幫杜屎掛起件褸咪要人一日企度啦。

老姜　　你邊位呀？又一名生保人瞓死未。都唔知幾多世未見過佢咯。

杜林　　哈佬。

老姜　　哈哈，轉數夠快。俾我啦。(接過杜林外衣，瑪利及荳荳在話家常。杜林討厭一切尋常事，冷冷旁觀)

瑪利　　幾好生氣可？

荳荳　　直程靚啦。

瑪利　　全世界都出晒街啦實係。

荳荳　　係條村黑晒。

瑪利　　咁好天，我洗晒半籃衫咯。

荳荳　　唔係呀嗎。

瑪利　　瞭埋，一陣就乾晒。

荳荳　　你好鬼叻。

瑪利　　「今日禮拜本應唔做嘢㗎。」我同自己話：「係犯咗第三誡，不過我懶理。」

荳荳　　家陣時冇人理㗎嘞。

瑪利　　但係四十年前呢……

荳荳　哦，嗰陣時！係呀！

瑪利　禮拜日你晾起一隻白襪仔咁多……

荳荳　我知。

瑪利　明神父就上到門。

荳荳　同你講耶穌囉。

瑪利　好鬼嚴㗎佢。

荳荳　（懷念地）呀，明神父。

杜林　（不能再忍）頂你哋唔順。

荳荳　今日晾衫一流囉。（向杜林）乜事呢？

杜林　你哋可唔可以唔用把口猜乒乓球住，欣賞吓你哋身周環境先？

荳荳　邊度呀？（回顧，迷糊地，不記起要當未見過）

瑪利　欣賞我間新裝修嘅廳呀。

荳荳　我咪……（然後）哦，哦，好靚，你睇，杜屎，幾有品味可。

杜林　真係吖。

荳荳　（胡言）我都未見過，呢樣新嘅，呢樣又新嘅，牆紙就係——

瑪利　坐低之前嚟睇吓我個廚房先。阿樂，睇吓杜屎飲乜。郁吓手啦。

她帶荳荳走出客廳，走進廚房之時，瑪利開始忍不住笑。

杜林　個女人越嚟越痆痆地。（荳荳雖然差些露出馬腳驚魂未定，亦受瑪利感染笑起來。杜林疑心地旋頭。瑪利扭亮廚房燈時，可見阿咩伏廚房桌上哭泣，以手帕擦眼，瑪利坐近她，也在擦眼）

荳荳　一啪都唔好笑，好笑咩。

瑪利　由得你自己一個人真係唔多掂。

荳荳　佢返到屋企，話你哋邀請我哋，嗰陣我就咁諗：我要記住入到你間屋扮做頭一次見咁又「嘩」又「呀」咁做戲至得，嚟到又乜都冇件事咯。

瑪利　（又笑）你喺度話，「呢樣新嘅，呢樣又新嘅……」

荳荳　咪咁啦，我作賊心虛吖嘛。

瑪利　俾佢見到早兩日你响呢度飲下午茶呢。

荳荳　（大驚）你收聲好唔好。（老姜拿出一瓶紅酒半滿而未開瓶，及六罐裝啤酒）

杜林　（不悅地）飲杯茶就得啦。

老姜　茶都有，過門都係客整返杯唥嘢嘅。

杜林　你好鬼扮嘢嘅。

老姜　（驕傲地）我係吖，唔係咩。

杜林　（半自語）扮唔成弊呢。

老姜　我就鍾意隊啤多啲，間中啤啤佢冇傷肝啫，到我咁嘅歲數，趁個錶仲未夠鐘要抄牌就應份充份利用佢。

杜林　咁「我」嘅歲數呢？

老姜　你唔同番杜屎，你裡頭酸性重呀，事實係，我研究過喫，事關係飲村口水井嘅水大囉。你飲拔蘭地淨飲唔溝水加冰都唔會醉多過五分，紅酒更加有乜嘢傷倒人個肝嘅成份都俾你內臟啲酸性中和晒。

杜林　毫無根據。

老姜　笑？我冇所謂，大把人唔信科學㗎啦。人個身體製造酸性唔係貪過癮㗎你知嗎。

杜林　（嚷）荳荳……（荳荳聽不見，在廚房和瑪利交談）

老姜　講到尾，一個人點打理自己身子有佢嘅自由。你知唔知尋日喺露德聖母堂幫戴濂溪做追思彌撒呀？

杜林　邊個話？

老姜　搬咗去碧瑤灣嗰個呢，你不嬲識佢㗎。

杜林　識。佢個仔，佢個養子，跟過我一輪，我係話喺我個部門。

老姜　好有鬥志呀佢。

杜林　(敵意)有乜話？

老姜　佢唔簡單囉。好大班人嚟追思彌撒呀。

杜林　實係啦。

老姜　聖堂坐滿晒。

杜林　應該啦。佢做嘢勤力，生活檢點，到咗依家，佢應該還返個頭腦俾天主而仲同天主俾佢嗰陣一樣咁新淨未用過嘅。係，我識佢。一個冇惡意嘅人，更加冇成就嘅。上主庇佑佢咯。

老姜　話晒阿杜屎，佢都係——

杜林　唔簡單，係吖。呢句係愛嚟形容任何六十歲以上嘅無知定係冇腦嘅人。終須有日，你老哥都會風光大葬㗎。

老姜　(開心)邊個話？我？

杜林　以目前夠資格大場面嘅條件嚟衡量，我好肯定你夠班。實堆滿花圈祭帳，成個花海咁堆到你副棺材都見唔倒。

老姜　(看杜林一會，然後，幾乎面紅地)你自己想大場面幾多㗎？

杜林　我嗰份呢，我估會係好低調啫。主要嚟拜祭我嘅好可能係小小一組我作嗰啲公文裡便啲虛字做孝子流晒眼淚啫。

老姜　唔會，你都係我哋老村民吖嗎。

杜林　我算係咩？(幾乎帶不屑地轉話題)老戴個仔，佢收養嘅，我特意關照住佢㗎。

老姜　聰明仔嚟㗎。

杜林　好危險咁鍾意乜都應承。要漿返硬佢條腰骨囉。我睇實佢，唔俾佢立亂嚟，吩咐佢一日跟住我就要打醒十二個精神做好份工！卒之呢，自然啦，佢令我失望。(老姜欲為杜林添酒)(杜林以手掩杯)唔使嘞，後來我係咁諗我為乜事為佢咁上心啫，我又唔係自虐狂攞苦嚟辛。我冇要求佢報恩對返我好，搞到喺寫字樓做咗笑柄㗎。

「聽聞阿杜林又俾人辜負咗佢一番期望咯。」我哋幾咁蠢咁呃自己，事實係因為崇安。(老姜潤濕的眼神變得不安，笨拙地試圖避開這話題)

老姜　我聽見話老戴個仔返咗嚟——

杜林　佢離開呢度就係嗰陣同一時間。我估我唔捨得佢，就同另外呢個細路老友囉。

老姜　……為咗佢老爹個喪禮。

杜林　你有冇佢消息呀？崇安呀。

老姜　佢阿媽有同佢聯絡。

杜林　你冇咩？

老姜　咁佢知我有份睇佢啲信嘅。聖誕同復活節……佢好勤力寫信俾我哋。

杜林　佢幾好嗎？

老姜　好好，佢自己話嘅。佢教書呀，喺間中學係……唉，灣仔嗰頭嘅。條掭硬係嗿唔出個名。「勁攬波」係唔係呀？

杜林　係咪鄧鏡波？

老姜　攬鏡波！你帶挈佢嘅……教到佢鍾意揸住本書咁呢。(笑)居然做教書先生咁過癮，可？

杜林　好吖。

老姜　你上次嚟坐嗰陣佢結咗婚未呀？

杜林　啱啱新婚，係吖。

老姜　佢同個老婆，搞咗啲叫乜嘢協議分居。考起我係乜東東，總之外便個世界同村裡頭係唔同嘅，乜都變晒，一陣就黐身，眨吓眼又離身，十足二八天件冷背心咁。

杜林　佢冇理由咁走咗去，冇權咁做法嘅。

老姜　哦，冇法子嘅。

杜林　乜嘢冇法子呀？

老姜　世情係咁囉。

杜林　你咪噏埋晒啲陳腔濫調得唔得？佢喺呢間屋度有自己家人，有佢嘅人生。我對佢期望唔只咁㗎，佢咁好冇親情啫。

老姜　崇安同我一向都唔啱牙嘅，水溝油咁。

杜林　(不願表示關懷)佢有問起我冇？

老姜　吓？

杜林　喺佢啲家書度囉。

老姜　哦，肯定實有。

杜林　咁到底有定冇你唔知咩？

老姜　有，佢唔會咁冇記性。「哎……杜屎叔叔好嗎？」(杜林瞪視他，不相信)有陣時我諗過出城去睇吓佢，不過我好怕搭櫈車囉依家。

杜林　有冇搞錯呀？我一晚出入廁所行嘅路多過你成世人行過幾多路。

杜林聽到荳荳與瑪利從廚房回出來。

荳荳　……佢好勁㗎，講晒佢哋知乜嘢伯大尼啦、陳志明副主教喺邊間屋出世啦仲有好多我都唔知咁多。

瑪利　你話今朝早？佢一句都冇提過咁口密。

二人出廚房，瑪利關上廚房門。

阿咩奔向廚房門隔門說話。

阿咩　爹哋？我出得嚟嗎？好心你俾我出嚟同你同媽咪講清楚佢啦！

沒有回答，她回到枱前坐下。

荳荳、瑪利進客廳。

瑪利　我聽聞你演講喎。

老姜　邊個呀？

瑪利　帶團行晒薄扶林村又講晒舊時啲故仔。

杜林　得嗰廿零人，亦都唔算「演講」，係……「講嘢」啫。

荳荳　咪理佢，佢好勁呀。

杜林　你都唔在場。

荳荳　我睇倒你㗎。

杜林　依家佢識讀唇㗎。

荳荳　人人都仲讚緊佢。

杜林　邊啲人呀？舉出一個咁多。

瑪利　好喇。咪咁辣竇啦。

老姜　我記得有一次杜屎演講得好精彩嘅，喺大學堂嗰度，都好耐以前咯。

荳荳　我知吖，我有去。

老姜　你坐我後便，坐住你架啤啤車幾咁妥呀。

荳荳尖聲笑。

在亭中，道士立起，預備上刑場。瑪利從廚房中帶了茶壺出來，開始派碟。

瑪利　我呢就坐架學行車俾人困住我。縮縮腳借借吖荳荳，你坐低啦好嗎？

荳荳　你聽倒佢講嗎杜屎？我架啤啤車喎？

老姜　坐滿晒冇位囉，我哋坐晒上窗台度。嗰晚我記得好清楚。

荳其　夠鐘嘑？(道士點頭。恐慌)咁祝你好運啦。

道士　(唇焦舌燥)多謝。

荳其　你唔使緊張嘅。總之咪當係一回事囉。當佢唔重要囉呢一晚。

道士　嗯。

荳其　我知係唔關我事，不過好老實講我係你就唔講麥理浩係喬宏嗰段喇，好鬼死刻意做作囉。(道士緊張到聽不見她的話，開始離去)你想唔想我陪你一齊行呀？如果你情願自己去嘅由得你囉。我學識咗呢一樣嘅起碼，就係唔好夾硬去人哋唔想你 ──(她發覺他已走出可聽見她範圍以外，她追下，由行變跑)

在此同時，瑪利一直在倒茶。

老姜　犀飛利，你嗰晚演講真係好正。

杜林　係咩？

老姜　你真係好正。我仲記得佢哋係咁拍手掌同埋喝采。

杜林　你聽倒嘅多過我嘺。

瑪利　唔好意思，你愛兩羹糖係嗎荳荳？

荳荳　唔該。

杜林　你好好記性嘺。

瑪利　係咩？(尷尬淺笑)唔等使嘢咋。你自己就要……

杜林　(他等一會看她記不記得，然後)走糖。

71

瑪利　（假作記住）走糖。

老姜　酸性囉！

荳荳　杜屎話依家佢或者會寫部書喎，關於太古樓村。

老姜　寫部書？

瑪利　好難咯。

杜林　荳荳佢揸住支⋯⋯雞毛當有晒成支雞毛掃囉。我係話「應份有人寫」——

老姜　最佳人選啦你，你應份寫埋我入部書度。

荳荳　唔係，係講返舊陣時，歷史呀。杜屎識晒村裡頭一草一木，係啊可？佢有晒啲剪報啦，舊地圖啦，相簿呀咁收好晒响櫃度，佢死鬼老竇留低一大疊㗎。

杜林　（向瑪利和老姜）愛嚟透火BBQ啱晒啦。

荳荳　（微笑）係啊可。

杜林　世界上有幾多傻人就有幾多書。我冇打算再加多是但一樣。

荳荳　但係你一定要做㗎。

杜林　一定要？

荳荳　你話你會嘅。

杜林　發白日夢啫。

荳荳　哈，冇理由唔做嘞。你有大把時間啦依家。（稍停。瑪利往取三明治糕點。荳荳望住杜林，等他回答）你話嘅：頭一部正經嘅歷史。你都唔知幾咁興高采烈，係呀。你一日係咁講住。（酸溜溜地）就因為我開心之嗎。一部有你個名寫住嘅書。如果我話係戀居嘅嘅時候嘅，咁你就實會寫成佢嚟激我咯。

瑪利　（遞食物）荳荳⋯⋯

荳荳　會唔會吖？（向瑪利，試圖作客之道）嘩唉，咁多心機，你好叻呀。

瑪利	乜嘢心機啫？兩件餅之嘛。杜屎……（杜林取件三明治）
老姜	擦唎喂。有得食就好食喇。你知嗎杜屎，你演講完第朝呢，成村人都話你慢吓手做到布政司呀。
杜林	等人佈施就有份。
老姜	真係㗎，成村人呀。荳荳，你話佢係唔係好勁吖？
荳荳	（仍不悦）我唔知。
杜林	我知嘞。
老姜	你好威水，我記得嘅。
杜林	戴住紅酒色嘅眼鏡嚟記囉。
老姜	乜話？
杜林	你即管自己呃自己啦，我唔會嘞。係，你係在場，坐响窗台度，門口隔籬企住班成日去麻雀館同嘆返兩杯嘅鄉親父老嚟。輪到我上台講呢，佢哋詐諦好似喝采咁。我覺得係好似舊時啲老百姓圍住個法場睇個要斬頭嘅犯人行入法場咁。我聽倒你嗌：「好嘢……阿婆痰罐。」
老姜	講笑之嘛。
杜林	（誠懇地）我知你講笑。我清吓喉嚨，即刻就半個禮堂啲人都好似肺癆咁一齊咳起上嚟。我開始講，有人大聲嗌：「聽唔倒呀。」咁就係暗號，即刻人人輪住噏堆冇意思無聊嘅廢話，好似細路仔輪住掟石仔埋牆，睇吓邊嚿掟到佢冧為止。「你阿媽知唔知你出夜街呀？」「邊個吞晒成本字典呀咁多深字嘅？」「你近排有冇洗淨條頸等度（音鐸）呀？」「你代唔代表游水落嚟個乍呀？」
老姜	邊有呀，你幻想出嚟嘅，發夢啫。
杜林	係好似發緊夢，係個惡夢。我冇晒勇氣，我口窒窒咯。我聽倒自己把聲變到好尖。好似女仔咁，我一用個多過兩字嘅詞語佢哋就嘘我。我一跳跳去結尾，係逃避到嗰度……去噏句庸俗嘅——我估幼稚嘅——講到麥理浩嘅爛gag，佢哋拍手嘞。

73

老姜　　我之唔係咁話囉？

杜林　　係，佢哋拍手，係慢拍，仲有冇？（伸出空杯）個主席係當時嘅本堂
　　　　神父，佢叫大家守秩序，就咁話：「嘥大家都笑咗餐飽嘅嘞……」

老姜　　（笑指杜林）你好記仇嘞。

瑪利　　杜屎，你講吓道理好唔好？你去到邊都有人嘘你㗎啦。你介意就係
　　　　你蠢啫。

杜林　　我一講完坐返低就毫不介意，仲覺得幾有趣㗎。（道士繼續跑，逃
　　　　離他演說的出醜，他停在亭子旁，顫抖着。一陣噁心，他抓住亭柱
　　　　開始嘔吐）我好鎮定，不為所動。你知嗎，我明白喇，係一種懲
　　　　罰。我犯咗第十一誡，我試圖與別不同，做一個聰明仔……一個
　　　　……（望望荳荳）天生才子。嘥，人哋唔賣帳呢。

荳荳　　（突然）當時我喊咗出嚟。

杜林　　乜話？

荳荳　　嗰晚囉。

荳其　　（外場叫喊）道士……

杜林　　係咩？我覺得好笑就真。我第一次發覺一個人聰明呢，就同有隻手
　　　　畸型一樣──你識做收埋佢人哋就忍咗你囉。

荳其　　（外場）道士，係咪你呀？（道士急奔向廚房演區）

荳其現身追隨。

杜林　　我事實係相信若果我講得好，立論服眾咁佢哋就會讚賞我。我想
　　　　喫，我渴望……（望向老姜）成為呢個群體一份子。天主呀，幾咁可
　　　　恥嘅野心呀，想討好班無情嘅人。哦，我冇再俾第二次機會佢哋
　　　　喇，我有過呢一次小小嘅勝利就見好收場喇。（向瑪利微笑）你沖茶
　　　　保持一向嘅高水準。（道士進廚房，阿咩不快地望他）

阿咩　　邊個放「你」入嚟㗎？

道士　你阿爸。佢話……咳，佢好似心情好差咁。

阿咩　（單調地）係呀？

道士　唔好老脾啩，我估。似乎佢係牙痛嗰個咁。（得不到笑容回應）你個朋友 —— 藍荳其 —— 轉達你個口訊俾我。你唔嚟得，我覺得好可惜。

阿咩　幾時話？哦，去你個乜差差。

道士　都太過迫人咯，我睇怕你到咗都唔會開心，仲有啲粗魯行為嘛，唔係理想咁嘅場面囉。

阿咩　你演講成點吖？

道士　哦，我扮小丑，咁佢哋咪笑餐飽囉。我意思係話，既然佢哋唔認真對待呢件事咯，我認真嚟做乜嘢？港大歷史系個教授，佢就好面懵咯。總言之，當攞一次經驗呢 ——

阿咩　我好鬼戴高樂呀。

道士　……我估都值得嘅。

阿咩　我話我好鬼大 ——

道士　我知，我聽倒。乜嘢咁大鑊呀？

阿咩　你咪問嘅。

道士　係咪……牙周炎流膿呀？

阿咩　唔係，係 —— 你話乜話？

道士　佢話你阿爸要帶你去睇牙醫吖嘛。

阿咩　係去見陳神父呀。（他瞪視她）你咁遲鈍㗎？佢捉我去見陳老神（上聲），係為咗姜自樂撩俾我嗰封信。

道士　「寫」俾你。（幾乎笑出來）姜自樂？

阿咩　佢成世人頭一封信囉，佢塞入門口俾我就俾我阿爸拆咗嚟睇。

道士　咁實係……值得大開眼界咯。

阿咩　你都唔聽吓陳老神點講。（用做作洪亮聲線）「呀，係啦，係啦，為一個忽略咗每日唸玫瑰經嘅家庭，忽略咗本堂區本村呢個偉大而光輝傳統嘅，就會有咁嘅事發生囉。」我老爹直頭扎扎跳呀。

道士　我唔明點解噃。

阿咩　（酸溜溜）你唔明。

道士　若果姜自樂嘅寫作水平係近以佢說話水平嘅話，我可以想像封信會係點。唔關你事噃。

阿咩　（不答）飲唔飲奶茶呀？

道士　你沖嘅就飲。

阿咩　橫掂都係咪沖囉，我要坐定定响呢度隨傳隨到。攞杯出嚟啦。（開始弄茶）

道士　點解你阿爸會拆你封信呢？

阿咩　因為我冇收過囉。信封面撩住 seal with a kiss，「海豹有個吻」喎，漏咗冇 ed。信封底就畫粒杏仁。個打靶種直程冇 seal 到個信封，攝咗個三角尖入去貼粒鼻屎咁嘅膠紙仔就算數。

道士　封信講乜吖？

阿咩　垃圾囉。

道士　例如呢？

阿咩　臭屎囉。

道士　你唔講就算啦。

阿咩　咩啫，我同個女同學去 St. John，佢哋開 so gat 吖嘛，即係 party 囉，阿樂都响度。佢叫我做佢 partner，又買個雪糕筒請我食。中間打碟嗰個休息，我哋咪出去散步一路行上龍虎山囉。

道士　你同佢。

阿咩　㝀肉緊得你吖。

道士　點呀？

阿咩　冇乜點啫。關你屁事喎。總之，今朝封死人信攝入門下低，搵鉛筆撩嘅，大陣魷魚鬚味，寫到肉緊兼肉麻。（尷尬地笑）話佢愛我喎，我係話，阿樂喎，你話信唔信得過先？（道士不語）戴高樂啦，佢寫埋晒我哋响龍虎山度啲嘢，好似我冇份嘅要佢話我知咁，直頭好似電台講波咁講到鬼咁興奮。佢仲衰到加料添喎，實係抄邊本壞鬼書嘅。我可以想像倒我老爹睇到嗰段，講我對「襯返呢條村舊牛棚嘅潤滑鮮奶」。「潤滑」寫咗「潤滑」，「鮮奶」寫咗先後個「先」。

道士　陳神父實睇到眼凸凸啦。

阿咩　道士，佢好鬼惡死，鬧到我狗血淋頭。好似我做咗啲乜嘢殺人放火咁大罪咁。

道士　我點知啫，我又唔在場。（想到道士在場令她咭咭笑）我都唔恨在場啦。

阿咩　（自辯地）我哋疏乎吓之嗎。

道士　係咁叫法嘅咩？

阿咩　你去死啦你。

道士　（扮作好笑）「疏乎」。

阿咩　攬攬錫錫咁之嗎，我冇同佢去到盡㗎。

道士　哦。

阿咩　冇呀，我冇呀。

道士　因為唔夠黑可個天？

阿咩　你想知咩，我爭啲制㗎喇，呢次最接近去到最盡㗎喇，但係我唔俾佢之嗎，我邊個都唔俾㗎。（他並沒有釋懷，她瞪他一眼，拿過茶盤砰然後下）因為我唔夠膽，嗱。

道士　我唔要你啲奶茶。

阿咩　都沖鬼咗咯。(倒茶在他杯)我老爹去咗村口揾佢……去找阿樂晦氣囉。(放一匙糖)落幾多？

道士　唔要。

阿咩　咁咪攪匀佢囉。佢話佢想娶我喎。(她一直為了引入這句)(她扮作專注加糖加奶在自己杯中)我唔知佢點呀，我敢包我老爹實撐住佢封信揚吓揚吓對住佢大吵大鬧，咁你都知阿樂點㗎啦，你話好肚餓呀佢就話紫菜可以頂倒肚當飯食。佢覺得你鍾意聽也佢就講也，所以我估佢會同老爹講佢肯娶我。

道士　佢封信話佢愛你。

阿咩　(嘲笑地)呀哈。

道士　咁佢到底係唔係愛你吖？

阿咩　係，因為佢疏乎到燉焓焓……咪理佢啦，咁依家我點做至好呀？

道士　嫁俾佢囉。

阿咩　你有冇九両菜呀。

道士　唔啱咩？

阿咩　你呷醋之嗎。

道士　邊個話？

阿咩　佢正經一份工都冇，點嫁得過嘛。

道士　有冇份工唔緊要，我認為你應該同佢結婚係因為我覺得你係佢同一類人。

阿咩　係啊可，天作之 ——(她的笑容逝去，理解到正被侮辱)

道士　咁就唔使爬到上咁高，可，又唔使怕去到盡啦同佢。

阿咩　道士呀 ——

道士　（譯註：原劇本寫「杜林」，應有誤）冇，慢吓手嫁得再衰啲。我好懷疑你會唔會可以嫁得再好啲，而你喺佢咁嘅水平就更加自在過喺……第個人嘅水平。（她理解到他已決心令二人關係破壞到無可挽回地步）

阿咩　冇錯。扯啦，依家，扯呀。

道士　嗯，都晏咯。我好有信心你會有幸福嘅一生。你會為佢建造一個溫暖家庭，可能搬過去隔籬薄扶林村搵間屋咁。佢好需要你咁樣嘅：你可以幫倒佢數啲失業救濟金吖嗎。

阿咩　（等住他離去）係吖，多謝你讚賞。

道士　因為——

阿咩　我叫你扯呀。你想做嘅都做晒啦，你講咗啲收唔倒嘅說話啦。

道士　收唔「返」。（他仍未滿足，要見紅為止，要肯定她的創傷與他的一般深）我真係傻。我搞錯咗，當你係一個有自尊心嘅人，係我錯，我仲估你嘅志氣會高過姜自樂嘅。

阿咩　你係話你？

道士　我搞錯咗。

阿咩　係……你搞錯晒。嘿，至少阿樂係返個人吖。我可以同佢一齊嘻哈大笑，我依家係點嘅佢好接受得倒。我唔使個腦搭埋棚大裝修過先至夠資格俾人見倒同佢喺埋一齊。佢可以同我疏乎攬我錫我，我知道佢係一個人，唔係一副硬骨頭包住冷冰冰一浸皮。你以為你自己好叻，就因為你企上台嗡一篇演講啲人拍晒手喝你采拍你膊頭讚你，你就大支嘢當正自己不可一世。你唔係弊呢，佢哋笑你咋，你自己有陣除與人不同㗎，你唔係乜嘢天生天才，講真吖，你個腦有啲唔正常就真，你知嗎？成條村都知你姓杜呢家人，你問吓佢哋吖，走去問吓人啦，你同你老竇一樣黐孖筋㗎，唔怪之得佢走去自——（停住）

道士　佢走去乜話？

阿咩　你扯啦。

道士　好。（他轉身離去的同時，廚房燈暗，廳燈亮，杜林非常友善）

杜林　就喺嗰塊大草地，以前牛奶公司牛房放牛嗰度。

瑪利　後山塊草地。

荳荳　家陣雅緻洋房嗰度。

瑪利　哦，嗰陣時係草地。

荳荳　哦，嗰陣時。

杜林　我哋喺度行山囉，我哋四個。

老姜　我响唔响度呀？

杜林　老友呀，哈姆雷特响唔响丹麥吖？嗱，係幾十年前，後生仔着住爛衫係因為窮唔係為咗扮嘢。嗰陣時仲有大塊草地可以行，仲未變成條大屋苑之前。

瑪利　講埋段故啦。

杜林　我哋四個人……

荳荳　我哋以前幾開心可。

杜林　就响樹林邊嗰條遠足徑，我哋揾倒隻雛雀啡啡。

瑪利　又作故仔咯。

杜林　喺雀巢跌咗出嚟嘅，咁佢呢（指老姜）就執起隻雀啡啡。

老姜　你咁好記性嘅。

杜林　就喺堆矮樹叢度，佢見倒有個雀竇裡便成竇啡啡雀仔。於是佢就將呢隻……佢執起嘅雛雀，好溫柔咁放埋入呢個雀竇度。

荳荳　呀。

瑪利　嗯，我公道講句：阿樂係咁嘅，似足佢為人啦。

老姜　係呀，我專做埋啲咁嘢㗎。

杜林　（向瑪利）我同意你講法，似足佢份人。事關我一個禮拜之後再返去，其他啤啤雀仔唔見晒。（向老姜）惟是你嗰隻仲喺度，食到肥頭耷耳，唔奇吖。係隻斑鳩嚟嘅，直頭係鵲巢鳩佔囉。

瑪利　唔係吖嗎。

荳荳　阿樂，你唔係呀嗎。

老姜　佢飲大咗，咪聽佢噏啦。

瑪利　斑鳩，似足係佢，佢專做埋啲咁嘢。

杜林笑，荳荳隨笑。

杜林　嗰條友仔……放隻食肉猛禽入去個——

老姜　係啦，講長篇啲。即管笑囉，講到我成嚿屎咁囉。

瑪利　（責備）阿樂。

老姜　幫埋佢嗰便啦你。

杜林　事實係咁吖嗎。

老姜　幾時呀？

杜林　嗰個星期日囉。

老姜　（忽然狂躁）我個籮柚就事實。

瑪利　噃，你班友仔……

老姜　你當我認唔出隻斑鳩？以我咁有經驗？「咩喱甜心」係邊個㗎？

杜林　（大惑不解，望向瑪利）「Mary 甜心」——

瑪利　唔係我，佢隻白鴿呀。

老姜　杜屎，我哋個個都一日頹過一日咯，事實係，你嗰份就腦細胞開始退化囉。

杜林　亂講。

老姜　就攞今晚嚟講吖。發生過嘅嘢，你唔記得咗，冇發生過嘅你就記住晒响個心度。

瑪利　乜你咁唔講得笑㗎？

杜林　(向瑪利)你唔明個重點喺邊。

瑪利　冇所謂啦，算數啦。荳荳，加啲茶……

杜林　今個晏晝，我心血來潮要算吓舊帳。(明是指瑪利)有幾條數要加埋佢，俾埋利息，計出個尾數。

瑪利　咁嘅天時去做數。

杜林　我坐响個亭度，伸個頭出去避咗陰影。

荳荳　仲係五月天，一冇日頭曬住都幾涼㗎。(杜林看着她)對唔住，你講埋先。

老姜　講完新聞先嘛，荳荳，先至到天氣。(他笑，荳荳帶笑以指自撳唇)啤，你講乜都好，我好大心肝嘅。

瑪利　(向杜林)跟住又點？

杜林　冇乜緊要啫。

瑪利　緊要㗎。你諗返起當日我哋四個一齊。

杜林　一次無關重要嘅行山。四十年前嘅，點解緊要？有乜價值啫？咁我再計返我條數，又記起另一次，有個神父嚟我阿姨屋企，佢哋送咗我去佢度住，嗰日係死因庭開庭，個神父叫我做個勇敢孩子，永遠唔好離棄天主，佢仲問咗個好古怪嘅問題，問我阿爸有冇留低封信俾我？我話冇，從來都冇。我同佢一齊住响教員宿舍，佢使乜寫信俾我啫？個神父伸隻白檬檬嘅手出嚟同我握手，到今日我記返起佢，又明佢想問乜。佢想揾自殺嘅證據……自殺就唔葬得入聖地。

老姜　自殺？邊個呀？

瑪利　仲係神父嚟，咁厚面皮。

荳荳　啲人真係得人驚嘅。

杜林　點解呀？

瑪利　點解？你阿爸死得咁慘係一件事，仲要講個可憐人嘅人格，攞佢嘅靈魂嚟⋯⋯

杜林　點會呢？

老姜　我記得佢，好好人嘅，佢教過我嘅。

杜林　嗱，「咁」就係講佢嘅人格嘞。(向瑪利)咁如果個「可憐人」，學你話齋，真係意外身亡嘅，個可能性同喺黃河中游俾隻天星小輪撞死一樣。

瑪利　杜屎，你都冇啲孝心嘅。

荳荳　好老實講，有啲人食飽飯冇事做一日散播謠言囉。

老姜　係單意外，佢想行捷徑行咗入橋底。

杜林　死因庭係咁裁定吖。

老姜　响天橋下便行黑路過咗牛房再上返橋面吖嗎。我自己都試過咁行法。

杜林　啲男仔就會咁行囉。

老姜　哦，夠刺激吖嗎。

杜林　喺學校，有人幸災樂禍咁話我知，佢喺橋底瞓正喺馬路中心等巴士碌過佢。

瑪利　你唔做得咁講。

杜林　成村人都係咁講。

瑪利　幾時有咋？我都冇聽過。

老姜　冇，我都冇。

杜林　（向瑪利）我諗你有嘢。（瑪利肯定已忘了二人舊爭執，但她感覺到被指控）

瑪利　咁你諗錯咗咯。你講到咁大件事搞到荳荳好唔安樂。

杜林　（向荳荳）係咩？點解？

荳荳　自殺犯大罪吖嗎。要落地獄㗎。

杜林　我阿爸？

荳荳　教會係咁講嘅，犯第五誡囉。

杜林　我知教會點講。講一個創造天地嘅人造錯晒嘅，就放把火燒咗佢啲錯處吖嗎。廢話。係天主造佢嘅，等天主承受個後果佢係點囉。起碼天主知道佢係點嘅，我從來都唔知。佢裡頭有邊啲造錯咗打得爛嘅佢全部鎖起晒收埋唔俾人打爛。情願間屋落晒鎖好似監倉咁，好過俾人打劫。大家歡迎參觀鎖剩嗰啲，俾人睇得到嘅佢……硬骨頭同冷冰冰一浸皮囉。若果佢有試過同我講句嘢，定同任何人講句嘢，就係喺個橋底度。叫佢哋去死啦，佢哋話係交通意外，即係話佢乜都冇講。（向瑪利）咁就係講佢人格嘅。（稍停，他看錶，社交式笑容）好喇。

荳荳　（接cue）真係開心嘅咁聚一聚。

瑪利　你哋趕住去邊呀？

老姜　唔俾佢哋走。（向杜林）坐返低好唔好？

杜林　聽日禮拜一，我唔係長期放緊假好似人哋咁㗎。（誠懇地）你知嗎，呢個人手指頭都唔使郁吓又可以捱倒咁耐，令到耶穌復活咁嘅奇蹟都似係小兒科魔術咋。

荳荳　（笑）阿樂你俾佢唱得好慘。

老姜　飲多一杯好吖。

杜林　唔咯。

老姜　等你行路血氣旺啲嘛。我仲有兩支留俾自己嘆，若果你兩個一扯，佢就馬上鎖起晒佢，你都未行到去街口我已經冇晒行咯。

瑪利　佢咁高興就吓佢啦。

杜林　一杯仔，係咁多。(向荳荳)可?

荳荳　我好開心，你都係，唔使詐諦。杜屎佢今朝收倒好消息。

老姜　當真?

杜林　(無言地)荳荳……

荳荳　(向瑪利打眼色)係個秘密。

老姜　(倒酒)呀，不過杜屎，呢條村變晒咯。若果你老爹 ── 天主保佑 ── 佢再返到嚟，佢一啲都認唔出咯。

杜林　實係啦。

老姜　實認唔出。若果你話佢知有咗中華巴士佢實唔信你啫。(各人瞪視他，他自覺説錯，笨拙地掩飾)仲有……啲紅小巴變綠可?係呀，仲有……嗰檔薄餅又花生醬又椰絲搵張紙包住又食得埋張紙嘅仲係賣一毫子咋。仲有村度間麵包舖，啲修女排晒隊去買新鮮出爐方包又曬又熱到拉高條裙腳?

杜林　人生呢一杯你飲到一滴都冇剩可?

瑪利　(微笑)你同佢定啦。(向老姜，一拳責備他不慎提中華巴士)

老姜　係囉，仲記得間麵包舖嗎?新裝咗個切麵包機切方包切開一片片，我企成幾個鐘頭睇住嗰塊刀片點郁，好睇過睇影畫戲呀。

瑪利　攞杯酒俾人啦。

老姜　真係㗎。「字」……「字 ── 」……

荳荳　咁有冇大團圓結局㗎?(她因大膽幾乎臉紅，杜林驚奇，幾乎讚賞)

老姜　有冇乜話？

瑪利　有冇梁醒波鄧寄塵份做㗎？好睇過影畫戲吖嗎。（荳荳輕笑，老姜不理她）

老姜　仲有呀杜屎，我講你知我仲記得邊單吖。你班師奶聽住呀。係一件奇蹟。冇假，天主做證。（莊嚴地）係發生响我身上最好嘅一件事。（荳荳低聲喃喃）

杜林　聽唔倒。

荳荳　麵包機度放映咗全套《榴槤飄香》。（她不能自控地笑，瑪利加入）

杜林　冇你修。

瑪利　杜屎你塞住佢把口啦。

杜林　荳荳，夠喇。我話夠喇。（聲音顫抖，把頭靠在一手上）

老姜　（努力嘗試）珍珠冇咁真㗎。我呢一世，最好嘅事——嗱你班人一味做大笑姑婆啦——

瑪利　我哋聽緊。（荳荳嚶然一聲，杜林以肘撞她，不敢説話，打手勢叫老姜繼續）

老姜　真係空前絕後㗎。

瑪利　咁真係好盞嘢。

杜林　慢吓手會人人鼓掌嚟。

瑪利　聽過先。

老姜　我講你聽……

瑪利　講啦。

老姜　係勞動之光贏咗打吡大賽嗰日。

瑪利　多謝晒你嘢咁好聽。

荳荳　(以手帕掩口)唔……

老姜　你即管笑啦，嗰陣時佢同我兩公婆窮過蒙正，乜工都搵唔到有啲進帳得嗰雞碎咁多救濟金，呢位阿太仲大肚林扰㗎。唔係咩？你陀緊崇安。

瑪利　(有點保留)係啩。

老姜　今晚人人都有晒記性咁嘅，係呀，你大緊肚，你老爹死鬼咗半年咯，冇咗佢接濟，係好艱難嘅日子，佢一日來回幾轉薄扶林村間當舖仔，有乜嘢包得起唔使出醜嘅，佢老爹留低個金錶啦，响電車公司三十年退休送嘅。嗰日咁啱跑打吡，我嗰朝同人掟仙贏咗一個幾毫，咁我就自己咁話：「盡地一煲博博佢。」咁我咪揀隻心水馬囉，就揀勞動之光。

杜林　好適合嘅選擇。

老姜　你傻得堆。噋，我一世人都未威過直至到嗰日 ——(荳荳因杜林所言又忍住笑站起來)

瑪利　荳荳你冇嘢吖嗎？

荳荳　我冇嘢，我想用你個洗手間啫，失陪。

杜林　(她經過時他惡作劇地)壞女孩。(她一巴打他肩急下，在走廊，她一口氣笑飽，倚牆恢復正常才下)

老姜　荳荳今晚飲咗門官茶咁係咁笑，係呢，我講到邊……？

杜林　睇怕隻馬勝出咗。

老姜　杜屎，佢放離成條街呀。我一捧捧五千蚊，係嗰陣五千蚊唔係今日呀，我哋發達喇。

杜林　都算係咯。

老姜　大把水頭，一天都光晒，响當舖贖返晒所有嘢 —— 爭啲死咯我，要借架木頭車去搬 —— 仲買晒啤啤床呀奶樽咁。杜屎……

杜林　乜？

老姜　係天主行嘅奇蹟呀。

杜林　係咩？

老姜　個仔出世嗰日我自己咁話：「天主睇實我唔會一殼搖起。我以後唔會再唔信佢唔照住我咯。」

杜林　你言出必行吖。

老姜　我有反悔過。

杜林　你相信天主會照顧你。

老姜　留返俾佢老人家操心囉。

杜林　佢照住你一世？

瑪利　照顧晒我哋所有人。

老姜　係所有信佢嘅人。

杜林　唔，係。塊田唔使出力去鋤佢㗎，等地震啦。

老姜　你即管笑囉。

杜林　信？如果你定我有一絲咁多信德，我哋就應份喺修道院批緊薯仔做緊補贖。我哋有嘅只係希望，係望德，我哋夾硬話係信德。

老姜　一大pat嘢。

杜林　噚，我哋太古樓村村民係比較第啲人有多啲嘢值得信，第度啲教友信天主有三位一體，聖父聖子聖神，我哋多咗第四位：聖騎師。

老姜　到你都得米嗰日你就冇咁口硬嘞。

瑪利　噚，阿樂……

老姜　咁你會點做吖？

杜林　羨慕你咁肯定囉。

老姜 (揚聲)呀！你一世夠運呀杜屎，未試過捱過乜都有，冇嘢需要去求嘅，一份舒服政府工，着裇衫打呔，做到退休又有長糧。

瑪利 咪撩交嗌啦。

老姜 乜嗌交啫？梗係佢手瓜硬啦。我淨係話好似我哋咁嘅窮等人家，捱過苦嘅，我哋同天主親近多啲，多過佢哋啲安穩嘅人。

杜林 天主同你係一家人可。

老姜 (開心)依家你明嘑。(抓起杜林杯)攞嚟。

杜林 我唔嚟嘞。

老姜 (命令地)我話要嚟多杯。

杜林 舒服工呀你話，或者係嘅，但係賣花之人插竹葉都知道自己值幾多，我就唔知，我今生用咗三份一喺充滿勾心鬥角篤人背脊嘅呢份工度，比起上嚟乜嘢溏心風暴係一鋪麻雀咋。我為一個道德可疑嘅政府做份價值可疑嘅工，大機器中小齒輪，我係個小齒輪，所以我存在。

老姜 講到尾，有錢糴米嘛？

杜林 係。

老姜 到依家你入直路過終點咁滯啦，派彩就係份長糧。

杜林 若果唔俾天主臨尾大外檔快上跑贏我就係。

老姜 仲有嘐林審嘢呢。

杜林 冇錯。

老姜 你記住，我有份夾錢㗎。

瑪利 邊個話？

老姜 納稅囉，我好樂意夾錢俾你，不過係時候你唔好再對人生睇得咁認真嘞。你應份行開吓去邊度，曬吓日光，俾荳荳啦吓，佢係好女子㗎㗎。

89

瑪利　佢講得冇錯。

老姜　冇得頂咁好。

杜林　係呀。

老姜　「係呀」，佢咁講，你講問心嗰句啦。

杜林　你似乎認為到佢咁嘅晚年佢仲需要推薦書咁㗎。

老姜　我係話你娶倒個好老婆，好似我一樣。之不過你好耐先至知，就因為你對呢個仲有啲放唔低。

瑪利　嘑咪亂噏呀。

老姜　我雞食放光蟲㗎。

瑪利　（尷尬）佢飲醉咯。

老姜　講出嚟冇壞喎？我哋都過晒嗰挺爭風呷醋追女仔階段啦可？依家都手凍腳凍咯。

瑪利　一陣佢就唔只手腳㗎。

老姜　唔係呀，認咗佢啦，我點醒你咋，你簽字誓願認咗佢啦，你娶倒荳荳係你福氣呀。

杜林　我知。

老姜　你「真係」知至好。

杜林　（開始不耐煩）係嘞，講完未啫？

老姜　萬中無一㗎佢真係。

杜林　老友呀，你咪同我講啦，去同荳荳講。

老姜　我有同佢講。

杜林　咁咪得囉。

老姜　講過幾次㗎。

杜林　做得好。

老姜　多過你同佢講啦。

杜林　肯定係啦。

老姜　就喺呢間廳度之嗎。

瑪利　（焦急）阿樂……

老姜　上個禮拜五之嗎。（稍停，杜林全然不動）唔係唔係，係我喺街度見倒佢。係，係嗰陣同佢講。（杜林鄙視地看着他）

瑪利　你嗰把口，應份斬咗你條脷。

老姜　乜事啫？

瑪利　你死都係要講嘅，冇柄士巴拿——死剩把口，得把口，得把口，就係你囉，冇第樣嘢叻嘅。

老姜　我同佢响街上便見倒——

瑪利　收口啦你，合埋把口呀。（向杜林）佢入嚟陪我飲杯茶咋，佢行咗成日街市超市買晒成個禮拜嘅濕星嘢，佢入嚟歇吓腳我又咁啱沖咗茶。冇做錯事啫係嗎。（杜林不語）一個禮拜就嗰一日嘅十分鐘，佢係得啲隔籬街坊鄰里咋，仲有乜人啫？你想佢成世人好似尊泥菩薩咁咩？我同佢講：「話佢知囉，為乜唔話得啫？」佢就話唔敢噃。（杜林沒反應，荳荳廳外現身微咳，瑪利聽到她）嗱講完算數喇，你唔好呀吓。（荳荳進廳）

荳荳　講真嗰句，我笑到冇晒力咯，你睇我，成個殘晒。（杜林望向她）你哋咁靜局嘅，有咩事呀？（摸頭髮）係咪我呀？（燈光與廚房交叉淡出）

道士立着面對阿咩阿樂，他手拿包裹，阿樂穿一套新買藍色西裝。

道士　對唔住，我嚟攞低啲嘢㗎咋，你阿爸叫我入嚟嘅。

阿樂　痰罐，個古肅佬，唔似你份人噃嚟做人情。喂，入嚟傾吖。(表演時裝)係咪好揩卡啦屎先？

道士　乜話？

阿樂　套老西呀，我試緊身俾阿咩睇。

道士　好醒目吖。

阿樂　係新買㗎，你應該話「well wear」。

道士　「Well wear」。

阿樂　簽賣身契嘅值得着時髦啲啦可？成擔銅㗎買咗……都好襟計。

阿咩　唔使撐起個肚俾人睇晒嘅。(向道士，冷然)你有乜貴幹？

道士　尋日我去望彌撒，聽倒神父宣佈嚟緊嘅婚配聖事……

阿咩　(淡然)係呀？

道士　我頭一次知道咋。

阿樂　(大樂)係咪好爽呢？……成個威晒，神父喺聖堂讀你個名出嚟嘅。道士，佢釣倒我咯。仲話我死蛇爛鱔，你都未見過我幾搏命想甩身，正話整甩個嘴裡頭個魚鈎啫，佢成支魚叉叉住我。

阿咩　收口啦。

阿樂　神父宣佈咗日子，新西裝買定，聖堂都定咗咯。嗱，睇吓隻落訂火鑽。(執住阿咩左手)俾佢睇吓。(她掙脫)十足鑽石錶面嗰隻咁。

道士　總之，我估我要嚟恭喜你哋。

阿咩　多謝。

阿樂　大家老友，冇計啦。

道士　(呈包裹)小小意思啫，淨係……留個紀念。

阿樂　嘩唉！(摸形狀)係部書。

道士　咁上下嘅秀才人情，不過誠心誠意。

阿樂　拆唔拆得㗎？

道士　哦，又唔係聖誕禮物。(較不尖酸地)梗係得啦。(向阿咩)定咗幾時……啵？

阿咩　二號。

道士　呀。

阿樂　你有冇聽倒佢爹哋幫我搵咗份工呀？真㗎。幫我搵咗份正工，我賣咗身喇。

道士　係咩？

阿樂　幫電車公司打工囉。

道士　好事吖，做售票員？

阿樂　(搖頭)返電車廠呀。唔係上電車，係狷車底多啲，萬事起頭難吖嗎可？等陣，搞掂。(他拆開了包裹，取出鑲了畫框的梵高複印，是靜物畫《黃椅與煙斗》。早已見過，掛在客廳牆上)(向阿咩)係幅畫。

道士　唔係真本。係梵高嘅，一位荷蘭畫家，我一向好欣賞佢嘅。

阿樂　阿咩，你眍眍啦。(她老大不願地審視)

道士　你哋住邊都好，我估都有位掛佢嘅。

阿樂　阿咩老爹佢話我哋可以住呢度。

道士　哦。

阿樂　住到我哋搵倒第度為止。道士呀，至於結婚酒呢，我哋手緊啲，故此淨係佢阿爹阿媽，我阿媽，仲有楊開利做我伴郎。

道士　我明嘅。

阿樂　我係話，一圍薄酒咋，咪預咗冇獎金請帖咁呀，你明啦？

道士　(熱誠)明！

阿樂　真係明吖嗎？

阿咩　（突然）係張舊木櫈之嗎。

道士　係咁咋。

阿咩　一嚿木頭企響度，冇嘢㗎，之但係又好似畫佢嗰個人……將自己都擠咗入去。（她向道士微笑，為發現而沾沾自喜）

阿樂　睇真吓。咦，歪嘅。我就唔坐落去咯咁嘅歪零歪秤櫈。（記起要有禮貌）不過又幾好色水夠光猛。掛響間廳好靚㗎。（因二人反應的不同促使道士作以下行為）

道士　阿咩，我有嘢想同你講……

阿咩　咁咪講囉。

道士　唔係哩……唉……（指阿樂）

阿咩　若果你意思係要佢有份聽到至講，咁就冇得傾嘞。

道士　（向阿樂）你唔介意啫。

阿咩　介意，佢介意呀。（向阿樂）你企定響庶。（向道士）我知你想講乜，我幫你慳返啖唞氣啦。你同我講過：「嫁俾阿樂啦，你同佢同一類人。」你係噉嘅。

道士　唔噉。

阿樂　「君子成美人」，我永遠記住你嘅功勞。

阿咩　係，你係噉嘅。你成日同我講：「你要為自己着想吓。」你講咗好多次。「將呢樣擺喺一邊，嗰樣擺喺另一邊，然後睇吓。」我就係咁做咗囉照。（修正）照做咗。我知道同阿樂一齊，我仲有返的咁多係我自己嘅嘢留返喺度，同你就冇嘞，你乜都要晒。我自己嗰的多唔襯你嘅，鍾意去吓趴地去吓跳舞同埋一路行返屋企一路唱吓歌。又或者講嘢鬼咁大聲又噏句「頂佢個肺」即係你話嗰挺低級囉。你會要晒我成個，的多都得剩返俾阿樂，連嗰的多冇傷肝嘅「大家happy」。你唔識乜嘢叫做一人行一步大家將就。阿樂就識，你俾倒

乜嘢佢佢都咁歡喜。佢唔會霸住我嘅的多留俾你嘅。（一笑）雖則留俾你都盞得你兩眼朝天唔吼咁啫。（稍停，阿樂友善而不明白地帶笑聽着，道士知道已完全無望，希望起碼保持自尊無損地引退）

道士　我唔收啲剩餘物資嘅。

阿咩　咁就唔好意思有交易咯。

道士　好⋯⋯係嘅，你自己識打算。（官式地）好多謝你咁交帶俾我一個——

阿咩　慳啲啦你。

道士　（不理）對唔住打擾晒嘑。我祝你兩位⋯⋯（忍不住刺一句）大有可能一生幸福。

阿樂　嗱，坐吓先。

阿咩　由得佢啦。

阿樂　嗱，聽住⋯⋯你要嚟探我哋㗎，聽見嗎？咪生外晒呀。

阿咩　多謝你幅畫嘑。

道士　哦⋯⋯仲有張咭一齊嘅，咁拜拜嘞。

阿咩　好，拜拜。（他下。阿樂送到門口）

阿樂　（嚷）嗱你唔嚟搵我哋就你變咗好背（低音）㗎喇，我講真㗎。喂⋯⋯你聽唔倒路邊社新聞㗎喇。（他回進廚房中。阿咩在包裝紙內搜索，找到咭）我覺得阿痰罐佢有啲古古怪怪咁嘛，你覺唔覺呀？讀得太多書讀到走火入魔咁囉。（看畫）喂，我夠唔夠好禮貌呀對佢？

阿咩　你好乖，換返套衫啦。

阿樂　事關我唔想傷佢心吖嗎。賣呢張爛鬼橙俾佢嗰條友搵佢笨囉。（阿咩在讀咭，半聽着）寫住咩呀？

阿咩　「家為逆旅舍，我如當去客。去去欲何之，南山有⋯⋯舊宅。」

阿樂　即係點解呀？

阿咩　冇嘢，冇乜點解。淨係佢搏埋條老命都係都要教埋嗰首詩啫。(燈光交叉漸暗至客廳亮起)

荳荳緊張而不言。瑪利試圖扮作這夜仍如之前一樣輕鬆。

瑪利　(指老姜)有一日呢佢就去幫佢門口棵樹剪啲橫枝，第二日呢佢就幫佢喉水龍頭裝個濾水器，再第日呢個女人條屎渠又塞塞地喎⋯⋯

老姜　(抗議)唓依家你講到成齣劇集咁咯。

瑪利　呢條傻佬話喎：「人哋一個孤零零咁淒涼嘅寡母婆，都冇個男人幫吓佢做啲手板眼見工夫。」係囉，我自己諗就係咁開始嘅。後便巷阿莫師奶囉，即係麥靜恩囉──佢做女個名。(向荳荳)你識佢咯。(荳荳搖頭)唔，你識㗎。呢，冇講假㗎，我直程疑心大到喺佢衫領揻吓有冇電攣長頭髮留低。

老姜　係啦，我咁嘅年紀。

瑪利　人老心不老仲弊呀。跟住佢就會話「人哋四埲牆要鬆吓灰水咯。好大工程㗎。」咁我就話：「我知佢幾咁大工程，我見過佢點過佢相咯。」跟住呢，呢個好人呀，三唔識七嘅，揾到上門，仲帶住個細路仔，喊到哇哇聲嘅。佢呀⋯⋯(指老姜)原來佢一日去人哋度係同佢個細路玩。佢一路冇貼近過阿麥靜恩，係同麥靜恩個仔玩⋯⋯(向老姜)乜話？

老姜　掟銀仔。

瑪利　掟銀仔⋯⋯同後便巷個塞豆窿。

荳荳　(心不在焉，斜眼看杜林)咁都有嘅。

瑪利　真係大唔透。

荳荳　前世咯。

瑪利　越大越返轉頭囉。正所謂家家有本一家唔知一家事。

老姜　佢仲估我去追──

瑪利　（止住他，向杜林）你聽唔聽倒我講呀？

杜林　好清楚。

瑪利　咁你嬲完未呀鼓氣袋。

杜林　（不太苛）你咁插手啦。

瑪利　你怪就怪我啦。我喺惠康撞見佢囉有日，咁我就話：「上我屋企坐吓啦。」佢唔想喫，我監佢嘅。

杜林　搵支槍指住佢可。

瑪利　乜話？

杜林　你標佢參咩。

瑪利　冇，使乜喀。之不過杜屎，咪單打我啦，喺呢度就咪咁句句窒住晒啦，你坐响我間屋度喫。

杜林　呢樣好易搞喀。

瑪利　好易啫，係嘅，你可以又起身走人，今次一走又幾耐唔嚟呢？（那是提醒他，他不悅看着她）呢樣合晒你胃口啦，你大可以以後成世人都覺得自尊心受傷害，以後對呢個世界嘅一半扮cool，同另外嗰半直頭冇偈傾嚟。

荳荳　（不想吵起來）咪啦……

老姜　我覺得我哋應該人人都大量啲好傾啲同埋自得其樂，我冇改錯名喫你知啦。

瑪利　講吓道理啦，佢有乜對你唔住啫？冇嘛。

杜林　荳荳佢做咗乜冇做到乜都好，我唔想喺我屋企以外嘅地方討論。

老姜　喈吖。

瑪利　你收聲。（向杜林）你梗係唔想啦。因為你知我狗pok頂你佢就唔得。佢喺你側邊行過都要趷高腳。你俾人激親好似黑面神咁返入屋企，佢就要揸頸受你氣。我唔使嘛。

杜林　我同意。你唔使受我氣。荳荳……

瑪利　咪住，你同你女人講佢有做錯你哋先至准走。杜屎呀，搞到咁大件事，就為咗你同我哋絕咗交之時佢就仲同我有偈傾。

杜林　（受損地）唔係。

瑪利　咁為乜嘢？

杜林　為咗欺騙。你話我嘅感受係點呢，當我知道咗五年來都聽住佢講大話？

荳荳　（怯怯而相幫）係六年。（他似乎疑心是幽默地看她）

杜林　六年。

瑪利　我知，係吖。對你好大傷害可！

杜林　係背住我呀。你知佢又知，慢吓手半條村嘅人都知喋。

瑪利　明嘞依家。

杜林　人人笑我係懵佬。

瑪利　哦，係，條村。成村人點講呢？

杜林　我話之成村人點講，但係我唔俾班遊手好閒一日講是非嘅人做法官同陪審員咁審我。佢哋過晒氣咯。

瑪利　你講嘢呀。佢哋嘲笑你，因為你同佢哋脫咗節，佢哋扒晒你頭，你墮後咗，唔忿氣，咁你直頭企定唔行喋。你要嬲晒成村人，係呀，你係呀，又唔得嘢，你會俾人笑嘢。你講到佢哋有資格同你一齊過日晨咁，但係佢哋就指到你頭擰擰。

荳荳　冇呀瑪利，冇呀。

杜林　唔該晒，我自己可以為自己辯護。

瑪利　事實係，佢哋打咗低你。

杜林　「打低」咗我。

瑪利　點都好啦。

杜林　我的確怕佢哋，係，我怕咗佢哋……好心做壞事。但係如果我做唔到嬲晒成村人呢，好似你話齋，唔係因為成村人，條村同成件事無關，係因為我天性做唔到嬲晒成村人啫。但係我話你知我天性可以點，我從來冇對任何人講大話，或者唱衰人。我永冇對住個壞人噬起棚牙笑笑口，冇俾人話過我遊手好閒定做擦鞋仔拍馬屁定菠蘿雞靠黐。咁唔算輸晒嘞我敢話，噂如果知咗你開心啲嘅，我點解嬲荳荳，原因係我再承受唔起嬲咗佢喇，我覺得咁係……點正我死穴。
（瑪利笑得硬硬地轉向荳荳，她驚奇地覺着心內舊創傷又迸裂了）

瑪利　（向荳荳）噂，佢對你幾咁好呢？

老姜　一於咁話，既往不究。講真有邊個人會嬲得落荳荳㗎？杜屎都唔係壞人啫。

瑪利　哦，佢一等好人。（杜林覺有敵意，不解地望她）

荳荳　杜屎知道咗我自在啲㗎。

老姜　老鼠尾生瘡咁嘅小事。

荳荳　因為我好怕做啲偷偷摸摸嘅嘢。（向瑪利）真㗎，我話咗你知㗎啦。

杜林　事過情遷啦。

瑪利　（向荳荳）係囉，乜都過晒嘞，仲爭赦你嘅罪罰你唸三篇聖母經。

杜林　（向荳荳）我哋走吧啦。（向瑪利）你好似磨拳擦掌咁。

瑪利　我？

老姜　（向瑪利）咁你係好犀利嘅女人吖。擸光晒個頭去頂行佢，唔係咩呀？

杜林　瑪利自己講咗啦，佢夠pok頂我嘅。（向荳荳）你有冇着褸㗎㗎？

老姜　係啫，有一樣係要塞住把口唔講得嘅，就係「寧教人打仔，莫教人分妻」，千祈唔好叉隻腳入去干涉人哋兩夫妻之間嘅嘢。你咁諸事我預咗佢噴你㗎。

杜林　爭啲會喫，若果唔係睇在今日係主日……！

荳荳笑。

老姜　(向瑪利)你險過剃鬚呀你。

瑪利　佢夠干涉過「我哋」咯。(突然的控訴令杜林手足無措)

老姜　(不理)哦，個古怪佬搞笑啫。

杜林　你話我？

瑪利　所以你做初一我做十五來而不往非禮也啫。

杜林　干涉你兩夫妻？我有做過。

老姜　干涉「我哋」？好難咯佢，你係咁jer住佢乜嘢啫？

杜林　我點干涉法呢？吓？(她略退，他變得賭氣而模棱兩可)

瑪利　行到入嚟，同我哋講你幾咁架勢，成世人未講過半句大話，未擦過邊個人鞋，乜嘢衰嘢都有做過。咁你咪成個聖人囉，咁阿荳荳就淒涼咯，一個禮拜有一日上嚟飲杯茶之嗎，就犯咗彌天大罪咁。

杜林　我以為呢件事完結咗囉。

老姜　你咪理我女人啦。

杜林　你頭先係話我干涉你夫妻之間嘅事嘛。

老姜　有咁事，佢作故仔啫。

杜林　我問緊佢咁講乜嘢意思。

瑪利　有意思。

荳荳　杜屍，放過佢啦，佢搞到咁唔自在。

杜林　(溫柔地)瑪利？你講唔講我知吖？(她搖頭)咁有所謂啦，我哋仲係朋友可？

瑪利　（幾乎絕望）係。

老姜　大家梗係朋友啦，邊個話唔係？

杜林　最緊要呢樣啫。第日見。（與瑪利握手，她捉住他想走時縮的手）

瑪利　今朝……你話過爭你乜嘢債。我記唔倒你用啲字……乜嘢要收嘅同要俾嘅。

杜林　欠方同借方。

瑪利　要加數同乜話？

杜林　要加要減。

瑪利　咁我就諗咗成日。開頭我話冇拖冇欠，跟住我就話：「呢筆係欠佢嘅。」就係因為咁囉，唔係講嚟傷害你……你唔會，不過你出得嚟行預咗要還。（稍停）你係的確對崇安好好，冇人做得到咁 ——

老姜　（驚恐）喂……咦……

瑪利　……做得到你對佢做嘅咁多。你出錢供佢讀大學，你教導佢，等佢變做成學者咁含書識墨。

老姜　（阻止）哱呢度我話事，我話唔好講嘞。

瑪利　你捉佢同你行山。你自己同荳荳同你啲女，放假帶埋佢同你哋一齊去旅行。佢領堅振嗰日，係你幫佢摟件白袍，我哋由得你，我哋從來冇隔開你兩個，因為一係你俾乜佢就受乜，一唔係佢就乜都冇。哱我唔係話你有心咁做 ——

老姜　我叫你唔好再講呀。

瑪利　我冇話你立心咁樣，之但係，係你令到佢離開阿樂嘅。

老姜　（向杜林荳荳喃喃說）扯啦扯啦。

杜林　我令到佢咁……？

瑪利　可能你係冇乜咁做嘅。

杜林　冇曙，冇咁嘅事，我從來冇。

老姜　肯定係──

杜林　有心定冇心都好……我否認有咁做。

瑪利　佢老竇冇樣好。佢成世遊手好閒唔做嘢佢又倒吊冇滴墨水，成個冇用人，成身酒氣。

老姜　(軟弱地)我話咗啦，個仔同我……水溝油咁。

杜林　我半句都冇講過咁嘅嘢……

瑪利　冇，我承認你冇咁講過，但係你教到佢咁含書識墨，佢睇倒你點樣望住阿樂，聽倒你點樣同阿樂講嘢，鍾意就拋一句俾佢，好似拋嚿骨俾隻狗咁。崇安直程唔可以忍受同佢老竇喺埋同一屋簷下。你話係唔係難怪佢個腦好似種咗入去咁冇離開家庭嘅諗法吖？

老姜　唓，講夠喇。

杜林　諗法？

瑪利　佢同我哋講嘅。係佢同阿樂嗌大交搬咗出去灣仔嗰度。所以你以後都冇佢消息，因為係你種入佢個腦……你唔使旨意再見佢嘞。嗰年暑假前佢考嗰個試，攞倒咁高分，就係咁俾咗個諗法佢……佢懷疑佢嘅頭腦係邊個遺傳俾佢嘅。(杜林與瑪利對望)

老姜　杜屎你聽我講……

瑪利　收聲啦。

老姜　佢發吓神經咋。

瑪利　依家你可以埋吓條數邊個欠邊個啦，杜屎，我唔係講出嚟想傷害你嘅。

杜林　(呆了)好，佢係你哋個仔，我叉隻腳入嚟干涉你哋，我太過自以為是做到過晒龍，但係我都係一心想等佢有個出頭，唔使一世屈喺條村度做街邊流氓。但係你話種個念頭入佢腦，咁樣立壞心腸離間佢……我冇。

荳荳　杜屎唔會咁㗎，瑪利，佢做唔出咁樣㗎。

老姜　我哋唔知咩，可？大家老朋友吖嗎可？

杜林　（向老姜）咁你，你明知個仔為乜事走，咁多年嚟，你一樣當我係老友俾我上門？

老姜　點解唔會啫？我哋事實係老友吖，共過患難一齊捱過，老一脫係得返我哋，之唔係咁囉！

杜林　（他最接近喜歡老姜就是如此）你真係無可救藥嘅。

老姜　咁講到尾呀，咪又係以牙還牙？我搶咗你呢個，咁你咪搶走返個細路囉，我哋打和啦可？（杜林呆望他，似是中了拳）嚁，你拎一支返歸，呢度仲有成——

杜林轉身出屋，荳荳追隨，但見他遺下乾濕褸，取起再追出。

客廳燈暗，亭中燈亮。道士、阿咩、阿樂與荳其同在此。他們看着杜林走過，杜林停住，似是疲累極。

阿樂　我哋撤囉，去過第度蒲啦，你哋制嗎？

荳其　我知……我哋去老襯亭吖。

阿咩　咁咪行到天光先去到，我要返去洗米㗎。

阿樂　計我話，我哋行上西高山再落返去薄扶林水塘嗰便，我俾個雀寶你哋睇吖。喂，痰罐……你幫我睇住我女人。（阿樂拉住荳其手，阿咩跟隨）

道士望望杜林，最後離開。荳荳現身。

荳荳　真係吖，唔着褸就走咗出街，你想肺炎咩你，有冇唔妥呀？

杜林　我行得急過頭，俾我唞陣先。

荳荳　着返先。

杜林　好。

荳荳　我係話即刻呀。(助他穿上)瑪利講嘅嘢你冇上心吖嗎？佢咁都嗡得出嘅。

杜林　之唔係。

荳荳　仲有阿樂咁淒涼⋯⋯真係可憐咯。

杜林　終須有日⋯⋯

荳荳　點呀老公？

杜林　我帶一個顯微鏡同一把斧頭，用個顯微鏡搵到佢個腦喺邊個位置，然後一斧頭劈落去。

荳荳　你收口啦⋯⋯都冇人睬你。

杜林　我知。

荳荳　我覺得瑪利好大醋味，佢成日想講到你同佢幾咁登對，愛㗎演嘢嗮俾我睇。

杜林　荳荳⋯⋯

荳荳　我係話，佢失咗機會咯，你係成條村最有腦嘅男仔，依家太遲咯，我同佢好老友係真嘅，不過係佢自己嘅錯。(她發覺杜林瞪住她)我聽緊㗎老公。

杜林　我都一事無成。

荳荳　點會呢？

杜林　一年三百日一共四十年⋯⋯我用咗一萬二千日做埋晒啲我鄙視嘅工作。人哋有朋友，我就淨係有標準，邊個達唔倒標就唔使旨意我望得上眼，好啦，係「我」失敗咗囉，我睇唔起呢條村，睇唔起啲人打眼色啦點頭啦笑笑口啦⋯⋯其實我係懦弱；瑪利講得啱，我叫做原則嘅啲其實係虛榮，我叫做友誼嘅其實係惡意。

荳荳　你收嗲啦，就因為瑪利窒親你。

杜林　到頭來，冇乜嘢值得誇口啫。

荳荳　到頭來你覺得點呀。

杜林　你話係唔係吖？

荳荳　你心情唔靚，我唔答你。如果係真嘅……

杜林　咁就點？

荳荳　事實唔係，一啲都唔係。你講到我同你一樣咁唔開心。

杜林　講埋落去，如果係真嘅……

荳荳　我話，如果係真嘅，都唔使話呢世人係咁先。我係話，杜屎呀，我哋仲生賬賬嘅係咪先？(稍行)嚀咪企度啦，返屋企啦。仲未黑得晒㗎個天，仲有啲晚霞嘅光。

杜林　我有個問題。

荳荳　(笑)又有傻嘢囉。

杜林　若果我俾你揀，買架車定係——

荳荳　(興奮)杜屎！

杜林　靜啲先，一係買車，一係我寫本書關於呢條村，你揀邊樣？

荳荳　(稍停後)買架車。

杜林　(有點悲哀)預咗你咁揀㗎啦。

荳荳　因為……我要邊樣，你實做相反嗰樣嘅。

杜林　你係一個激到人爆血管嘅女人，你一日比一日戇居。走呀……快啲返屋企啦你，行爽步啦。

二人起步，杜林伸出手，望上天，開傘，頭上一個罩，慢慢下。

劇終

陳鈞潤 (1949-2019)

陳鈞潤，香港出生，是著名的戲劇翻譯家、編劇、作家及填詞人。自上世紀七十年代起翻譯歌劇中文字幕多達五十多部，至八十年代中更開始為香港劇場翻譯舞台作品超過五十部，其中不少是廣受歡迎且多次重演的經典名作。

陳鈞潤六十年代於皇仁書院畢業後，考獲獎學金入讀香港大學，主修英文與比較文學。曾任香港大學副教務長、中英劇團董事局主席、香港電台第四台《歌劇世界》節目主持及康樂及文化事務署戲劇及歌劇顧問。陳鈞潤文字修養極高，他翻譯的作品，人物語言極具特色，而最為人津津樂道的，是他把舞台名著改編成香港背景下的故事。他善用香港老式地道方言俚語，把劇本無痕地移植育長，其作品是研究香港戲劇和語言文化的珍貴寶藏。

學貫中西的陳鈞潤以其幽默鬼馬卻又不失古樸典雅之翻譯風格而聞名。他以香港身份為本，將西方劇作本地化及口語化。多年來其作品享譽盛名，當中包括改編自莎士比亞的浪漫喜劇《元宵》、法國愛情悲劇《美人如玉劍如虹》、美國黑色音樂喜劇《花樣獠牙》、《相約星期二》、《泰特斯》等不朽經典。

陳鈞潤多年來於戲劇界的表現屢獲殊榮，包括：1990年獲香港藝術家聯盟頒發「劇作家年獎」；1997年獲香港作曲家及作詞家協會「本地原創正統音樂最廣泛演出獎」；1998年其散文集《殖民歲月 —— 陳鈞潤的城市記事簿》獲第五屆「香港中文文學雙年獎」；2004年以「推動藝術文化活動表現傑出人士」獲民政事務局頒發「嘉許狀」；及獲香港特別行政區頒授榮譽勳章。除此，陳鈞潤一直在報章撰寫劇評，為香港劇場留下大量的資料素材，貢獻良多。

陳鈞潤翻譯劇本選集 ─ 《今生》

原著
A Life by Hugh Leonard

翻譯及改編
陳鈞潤

策劃及主編
潘壁雲

行政及編輯小組
陳國慧、江祈穎、郭嘉棋*、楊寶霖

校對
郭嘉棋*、江祈穎、楊寶霖

聯合出版
壁雲天文化、中英劇團有限公司、
國際演藝評論家協會（香港分會）有限公司

壁雲天文化
inquiry@pwtculture.com
www.priscillapoon.wixsite.com/pwtculture

中英劇團有限公司
電話（852）3961 9800　　傳真（852）2537 1803
info@chungying.com　　www.chungying.com

國際演藝評論家協會（香港分會）有限公司
電話（852）2974 0542　　傳真（852）2974 0592
iatc@iatc.com.hk　　www.iatc.com.hk

鳴謝
陳雋騫先生及其家人、劇場空間、余振球先生

封面設計及排版
Amazing Angle Design Consultants Limited

印刷
Suncolor Printing Co. Ltd.

發行
一代匯集

2022年2月於香港初版

國際書號
978-988-76137-3-2

售價
港幣300元（一套七冊）

Printed in Hong Kong

International Association
of Theatre Critics (Hong Kong)
國際演藝評論家協會（香港分會）

資助 Supported by

香港藝術發展局
Hong Kong Arts Development Council

中英劇團由香港特別行政區政府資助。Chung Ying Theatre Company is financially supported by the Government of the Hong Kong Special Administrative Region.

國際演藝評論家協會（香港分會）為藝發局資助團體。IATC(HK) is financially supported by the HKADC.

香港藝術發展局全力支持藝術表達自由，本計劃內容並不反映本局意見。Hong Kong Arts Development Council fully supports freedom of artistic expression. The views and opinions expressed in this project do not represent the stand of the Council.

* 藝術製作人員實習計劃由香港藝術發展局資助。The Arts Production Internship Scheme is supported by the Hong Kong Arts Development Council.